诗意成都

林文询 主编

成都市文学艺术界联合会 出品

项目策划：王　颖
责任编辑：吴慧慧
责任印制：闫立中
插画作者：任思聪　花　生
装帧设计：中文天地

成都散花文化传播有限公司　策划

图书在版编目（CIP）数据

　诗意成都 / 林文询主编. -- 北京：中国旅游出版
社，2016.5
　（文艺成都）
　ISBN 978-7-5032-5521-2

　　Ⅰ.①诗…　Ⅱ.①林…　Ⅲ.①诗集 - 中国 - 当代
Ⅳ.①I227

中国版本图书馆CIP数据核字（2016）第000715号

书　　　名：诗意成都

主　　编：林文询
副 主 编：林文光
出版发行：中国旅游出版社
　　　　　（北京建国门内大街甲9号　邮编：100005）
　　　　　http://www.cttp.net.cn　E-mail:cttp@cnta.gov.cn
　　　　　营销中心电话：010-85166503
排　　版：北京中文天地文化艺术有限公司
印　　刷：河北省三河市灵山红旗印刷厂
版　　次：2016年5月第1版　2016年5月第1次印刷
开　　本：720毫米×970毫米　1/16
印　　张：11.25
字　　数：130千
定　　价：39.8元
ＩＳＢＮ　978-7-5032-5521-2

锦样西川　诗意成都

——代序

　　成都与诗，历来缘分不浅。古往今来，不知有多少文人墨客、名士风流，在此驻足流连，为之击节咏叹。

　　满城诗意流淌，源于成都本身就是一座充满诗意的古都名城。本来，天下九州，九州不同方圆；地分南北，南北各有特点。成都呢，说南不南，说北不北，偏于大中华西南一隅。北横岷山秦岭，阻隔霜风雪剑；南流岷江锦水，滋灌沃野平原。得天独厚，得地独利，自是生成一种别样情景。温润天成，风光绮丽，加之历史悠远，遗迹众多，星罗棋布于城池内外，而民风亦称淳和，人情富于机趣，市井里巷，弥漫酒香文气……这一切的一切，都为大众所爱，文人所钟。爱之余，钟之切，不免自然涌动于口中笔端，流淌出千年绵绵不绝的长河诗篇。诗意成都，可谓自然而然，天赐予之，史赋予之。

　　人云：凤栖于桐。又云：嘉树下成蹊。正因上述种种，成都便成了历代文人荟萃之地，歌咏之所，留下了难以数计的诗词歌赋，其中不乏中国文学史上最光彩夺目的大师泰斗的名篇佳作。如唐之"诗仙"李白、"诗圣"杜甫，宋之"诗翁"陆游、"诗魁"苏轼等，或少小生长于蜀，或曾经流寓成都，如椽之笔都在此挥写下了大量华章，其中很有些惊世名篇、千古绝唱。他们的吟咏，往往与成都的历史地理、人文风情浑然融合。如今，倘你初来成都，纵目一望，李白的"九天开出一成都，万门千户入画图"的宏丽景象，自会跃然于眼；而临江登楼，杜甫的"锦江春色来天地，玉垒浮云变古今"便会了然于胸。一出南门，拜谒大名鼎鼎的武侯祠，扑面便是"丞相祠堂何处寻，锦官城外柏森森"的感觉。春游草堂，自然会想起"晓看红湿处，花重锦官城"，想起"黄四娘家花满蹊"的盛景；冬过西城，那"当年走马锦城西，曾为梅花醉似泥"的豪情放翁也会伴你而行……总之，出入皆诗，俯仰皆诗，遍街是诗，满城是诗，景即是诗，诗即是景，诗与景，诗意与成都，已然是交融一体。

成都的历史星空，就是如此斑斓璀璨。上下两千年，歌咏成都之诗可谓浩渺如银汉。为了给广大读者提供一个精练明快的读本，我们特从如今可以查寻到的数千首佳制中，精选出百二十篇珍品名作，尊历史之序，汇编成此集。选编注都尽可能突出两个要旨：一是成都元素，一是审美价值。希望借此陪同大家——

诗情画意，走一遍历史成都；

煮酒品茗，伴先贤故国神游。

个人眼光，或许挂一漏万；个人见识，或许解读不当，敬请批评指正。

林文询

2015 年冬于蓉

目 录

第三辑：锦样西川何处问
夕阳红到散花楼

明清余韵　涟漪清清

第一辑：既丽且崇 实号成都

秦砖汉瓦 铮铮其声

　　两千年城不易址，两千年城不更名，遍数华夏大都名城，恐只有这座坐拥千里沃野的西南大都会成都了。自秦兴，自汉旺，其崛起之速，生机之旺，固与其得天独厚的地理形胜自然条件有关，而以神奇的三星堆、金沙遗址为实证代表的古蜀文明，也为之奠定了厚实基础。有道是：云过秦岭，万顷峥嵘倏尔化柔波；月笼锦水，百代繁华恍然演南柯。正是如此天时地利人和，铸就了天府之国，成就了锦绣成都。

　　千年美名如此，而当初的形貌又是如何呢？回穿两千年历史隧道，扑面常是漫漫风尘，那时的城市当都是灰头土脸的吧？当时还被中原豪强视为蛮夷之邦的古蜀地，起一座城池大约也就如土疙瘩一般吧？答案是：否！时人的诗赋便是最好的回答，历史的印记至今鲜明如初。汉代大学者、成都本土人士扬雄《蜀都赋》之咏赞姑且不论，晋代大文豪、齐鲁人士左思的名篇《三都赋》，就不仅将成都作为其歌赞的国中三名都之一，且不吝赋予成都"既丽且崇"的美誉。丽与崇，寥寥两字，却道尽了当时成都的绮丽与宏伟，可谓画龙点睛，神来之笔，力透千钧，芳盖千古。两个字，有如两颗光耀夺目的王冠宝石，镶嵌在成都的城楼上。丽与崇，也成了成都千古不易的特色写真。至今，仍有一座以此二字为名号的峻雅高阁，矗立在成都东门锦江河畔，竹林如云、游人如织的望江楼公园，留下无数成都父老的足迹，也留下众多文人骚客的墨宝。唐代蜀中女诗人薛涛之墓为后人迁造于此，而著名的四川大学也在 20 世纪中叶迁于其旁，足见其名声之大，文气之足。事实上，这座以近两千年前左思的华章丽句命名的"崇丽阁"，一直是成都老市民公认的成都第一"图腾"，城市形象的代表性标志。过去的成都画册，就是以其秀丽影像作为封面"头饰"。

　　"既丽且崇"，于成都当然不是凭空杜撰，浪得虚名，遗泽后世的蜀地秦汉文明，不仅为历代诗人吟咏不绝，且在成都至今都可以实实在在地触摸：

　　秦李冰率蜀人创修的都江堰，被称为世界上唯一两千年至今都在发挥巨大作用的大型水利工程。它滋养了千里沃野，也滋润了千年历史，堪称成就天府之国长盛不衰的智慧杰作；

汉文翁兴建石室创立郡学，开中国地方官办学堂之先河，为后世蜀文化的兴盛、蜀文风的浩荡扎下了深厚根基。两千年来，无论历史风云怎样变幻，作为学府的石室始终固若磐石，从未湮灭。曾在百年前集中涌现一批民国文豪，如中国新诗"第一人"郭沫若、长篇小说巨匠李劼人，以及音乐学家王光祈、历史学家蒙文通、数学家魏时珍、生物学家周太玄等大师的石室中学，至今仍是成都教育界的一面旗帜；

　　而汉末的一段短暂历史，三国纷争，三足鼎立，因明代罗贯中如椽大笔的精妙演绎，竟不仅令这一短暂历史恍然成了中国历史上最壮丽的华章，全体中国人最津津乐道的英雄史诗，而且使蜀汉英杰的忠义智勇形象，深深地影响了后世蜀人的性情，也成了历代成都人引以为荣的资本。曾为杜甫歌赞过的"锦官城外柏森森"的武侯祠，规模冠绝国中，名声远播海外，每日里游人络绎不绝，盖乃蜀人精魄所钟；

　　其他至若司马相如与卓文君的浪漫爱情故事，更是千百年来，一直沉浸弥漫在成都市井里巷的酒香中……

　　这一切的一切，确如秦砖汉瓦，铮铮其声，波延晋隋，流风后世，回荡在历代诗人的吟咏中。

扬雄

蜀都赋（节选）

扬雄（前53～18），字子云，蜀郡成都（今属四川）人。少好学，博览群书，长于辞赋。年四十余，始游京师，以文见召，奏《甘泉》《河东》等赋。成帝时任给事黄门郎。王莽时任大夫。校书天禄阁。有《扬侍郎集》。

蜀都赋（节选）

蜀都之地，古曰梁州。禹治其江，渟皋弥望，郁乎青葱，沃壄千里。上稽乾度，则井络储精；下案地纪，则𝕎宫奠位。

亓乃其都门二九，四百馀间。两江珥其市，九桥带其流。

【蜀都】指成都。【梁州】古代中国的九州之一。蜀地属于梁州。【禹治其江】禹为传说夏代的第一个君主，曾经治过洪水。相传禹治水是从今四川北面的岷江开始的。【渟皋】水边的平地和高地。【弥望】满眼。【壄】同"野"。【稽】考核。【乾度】古人观测天象划分的天区。【井络】古代星野说，认为蜀地对应的天区为井宿。【精】

精气。【地纪】维系大地的绳子。古代认为天圆地方，传说天有九柱支撑，使天不下陷；地有大绳维系四角，使地有定位。【巛宫】"巛"同"坤"。按八卦方位，坤宫位于西南。【奠位】定位。【尒】同"尔"。【都门二九】汉武帝元鼎二年（前331），在成都建十八座城门。【闾】坊巷的大门。【两江】指岷江支流郫江（内江）、流江（外江）。二江双流成都城南，为秦时李冰所开凿。【珥】用珠子或玉石做的耳环。这里指像珥一样环绕。【九桥】指汉代二江上的九座桥。【带其流】像带子一样横跨二江的流水之上。

张载

登成都白菟楼

张载，字孟阳。安平（今河北安平）人。性格闲雅，博学多闻。晋武帝太康（280～289）初，曾至蜀省父。历任佐著作郎、著作郎、记室督、中书侍郎等职。西晋末年世乱，托病告归。有《张孟阳集》。

登成都白菟楼

重城结曲阿，飞宇起层楼。

累栋出云表，峣薛临太虚。

高轩启朱扉，迥望畅八隅。

西瞻岷山岭，嵯峨似荆巫。

蹲鸱蔽地生，原隰殖嘉蔬。

虽遇尧汤世，民食恒有馀。

郁郁少城中，岌岌百族居。

街术纷绮错，高甍夹长衢。

借问扬子宅，想见长卿庐。

程卓累千金，骄侈拟五侯。

门有连骑客，翠带腰吴钩。

鼎食随时进，百和妙且殊。

披林采秋橘，临江钓春鱼。

黑子过龙醢，果馔逾蟹蝑。

芳茶冠六清，溢味播九区。

人生苟安乐，兹土聊可娱。

【白菟楼】即成都阳城门之城楼。位于成都少城东南隅。【重城】古代城市在外城中又建内城，故称。此处指成都的大城与少城。【曲阿】屋的曲角。【云表】云外。【嵽嶭（niè）】高峻的样子。【太虚】指天空。【高轩】堂左右有窗的高敞的长廊。【朱扉】红漆门。【迥望】远望。【畅】无阻碍。【八隅】八方。【岷山】在今四川省北部，绵延今四川、甘肃两省边境。山脊海拔 4000 ~ 4500 米。【嵯（cuó）峨】形容山势高峻。【荆巫】荆山与巫山。【蹲鸱（chī）】大芋头。因形状如蹲伏的鸱（老鹰），故名。【原隰（xí）】泛指原野。【虽】原本。【尧汤】尧是传说中上古帝王，汤是商朝的开国之君，都是贤明君主。【少城】为秦时张仪所建，成都大城西部，以大城的西城墙为少城的西城墙。是在大城中又建的内城，故称少城。【岌岌】通"济济"，众多的样子。【街术】街道。【绮错】像绮纹一样交错。【高甍（méng）】指高高的房屋。【长衢】大道。【扬子宅】东汉扬雄在成都的住宅。在成都少城西南角。【长卿庐】西汉司马相如（字长卿）的故居。在成都西门外市桥以西。【程卓】指西汉时蜀郡的大工商业者程郑和卓王孙，两人均为临邛（今四川成都邛崃）人。【五侯】东汉大将军梁冀擅权，其子、叔父及亲属五人皆封侯。后以"五侯"指权贵豪门。【连骑（jì）客】骑从众多的客人。【翠带】饰翡翠的腰带。【腰】腰挂。【吴钩】春秋时吴人善铸钩，故称。后也泛指利剑。【鼎食】列鼎而食。指世家大族的豪奢生活。【百和】即"百和香"。由各种香料和成的香。【黑子】黑色的种子。这里指黑色的果酱。【龙醢（hǎi）】用龙肉制成的酱。【果馔（zhuàn）】果品与菜肴。【蟹蝑】亦作"蟹胥"。蟹酱。【六清】即六饮。古代的六种饮料：水、浆、醴、凉、医、酏。这里泛指饮料。【九区】九州。指天下。

成都合江亭

左思（约250～305），字太冲，齐国临淄（今山东淄博）人。左思家世儒学，出身寒微。晋武帝泰始八年（272）前后，因其妹左棻被选入宫，举家迁居洛阳，曾任秘书郎。所作《三都赋》（《魏都赋》《吴都赋》《蜀都赋》）为当时称颂。豪贵之家为传抄《三都赋》，使京城洛阳的纸也因而涨价，故有"洛阳纸贵"之语。有《左太冲集》。

蜀都赋（节选）

夫蜀都者，盖兆基于上世，开国于中古。廓灵关以为门，包玉垒而为宇。带二江之双流，抗峨眉之重阻。水陆所凑，兼六合而交会焉；丰蔚所盛，茂八区而庵蔼焉。

于是乎金城石郭，兼币中区。既丽且崇，实号成都。辟二九之通门，画方轨之广涂。营新宫于爽垲，拟承明而起庐。结阳城之延阁，飞观榭乎云中。开高轩以临山，列绮窗而瞰江。

　　【蜀都】指成都。【兆基】开始奠基。【上世】上古时代。即传说中古蜀国蚕丛、鱼凫时代。【开国】建都。指秦惠王灭蜀以后，惠王二十七年（前311），命张仪和张若筑成都城。其后设蜀郡，治所在成都。【中古】指战国。【廓】扩大。【灵关】山名，在成都西南。【玉垒】山名，在成都西北。【宇】屋边。引申为墙。【二江】指岷江支流郫江（内江）、流江（外江）。二江双流成都城南。【抗】匹敌。【重阻】重重险阻。【凑】聚集。【兼六合而交会】指四通八达。【丰蔚】指丰盛的物产。【八区】八方。【庵蔼】茂盛的样子。【金城石郭】形容城非常坚固。郭，外城。【兼帀（zā）】环绕。【辟二九之通门】汉武帝元鼎二年（前115），在成都建十八座城门。【方轨】两车并行。【涂】通"途"。【爽垲（kǎi）】指高敞干燥之地。【承明】西汉长安宫内文人学士待诏的地方。这里代指长安宫。【阳城】成都城门之一。在少城东南隅。【延阁】绵延的阁道。【观榭】楼台。【高轩】堂左右有窗的高敞的长廊。【绮窗】雕刻或绘饰得很精美的窗户。

卢思道

蜀国弦

卢思道（531～583），字子行。范阳（今河北涿州）人。北齐时，为给事黄门侍郎。北周时，官仪同三司、武阳太守。入隋后，官散骑侍郎。一生的主要文学活动在北朝，诗歌对初唐歌行有很大影响。有《卢武阳集》。

蜀国弦

西蜀称天府，由来擅沃饶。

雪浮玉垒夕，日映锦城朝。

南寻九折路，东上七星桥。

琴心若易解，令客岂难要。

【蜀国弦】又名《蜀国四弦》，乐府相和歌辞名，所咏多蜀中之事。【西蜀】古蜀地，因在西方，故称"西蜀"。地域相当于今四川省中部。【天府】天然的府库。指土地肥沃、物产富饶之地。三国诸葛亮《隆中对》："益州险塞，沃野千里，天府之土。"《晋书·袁乔传》："蜀土富实，号称天府"。【玉垒】山名，在成都西北。【锦城】成都的别称。【九折路】路在今四川荥经县西邛崃山，因山路曲折，需九折乃得上，故名。【七星桥】传言秦时李冰在成都造七桥，上应七星，故名。这里泛指成都的桥梁。【琴心】琴声表达的情意。汉代司马相如为求卓文君，以琴心挑之。文君听琴后即私奔相如。【令客】指卓文君。【要（yāo）】约请；邀请。这里是追求的意思。

成都街景

第二辑：九天开出一成都

万户千门入画图

唐宋风度　锦绣天府

　　大汉开疆，晋隋以降，历史风云更加浩荡，唐宋六百年，可谓翻开了中华盛世最斑斓辉煌的篇章。这时的成都，更是飞速升华，其繁华富丽，已博得公认的"扬一益二"之美誉。而特别引人瞩目的是其在文学艺术方面焕发的异彩奇光。尽人皆知，唐诗宋词，代表了中国古代文学艺术成就的最高峰，而这与蜀地与成都，竟有着不能不令人啧啧称奇的关系。简言之，可说是：出入皆大师，吞吐尽霓虹。

　　出者，出蜀之谓也。此中最杰出代表，非唐李白宋苏轼莫属。二人皆为蜀中本土人士，或少年"仗剑去国，辞亲远游"，或负笈北上，浪迹天涯，均得蜀地仙风道骨滋养，才思纵横，豪气吞云。前者成为唐代诗人中的旷世奇才，"无敌"诗仙，后者则公认是宋代豪放词派之魁首，都是中国文学史上的大师泰斗。

　　而入者，则谓外地入蜀羁旅流寓之士。最负名望的也是唐宋各一领军人物：唐"诗圣"杜甫，宋"诗翁"陆游。杜、陆当然堪与李、苏比肩，此四杰可共称中国诗歌史上光芒万丈的四大泰斗。杜甫、陆游，均在蜀数年，诗情如喷，创作甚丰，分别留下数百首脍炙人口的诗篇。这还不足为奇，令人眼睛一亮的是，细览这二位大师在蜀之作，会惊异发现他们在入蜀前后写作风格的巨大变化和强烈反差。尤其是杜甫，向来以沉郁诗史著称，而中岁颠沛流离，落脚成都浣花溪畔之后，诗风却明显大变，一展其绝世才华的另一面，明快清新优美雅丽之歌咏层出不穷。当代语文教材中所选杜诗，竟有不少出自他此时此地之此类风格作品，如"好雨知时节"如"两个黄鹂鸣翠柳"……不胜细数，皆是留芳百世的精品佳作。这当然堪称奇迹。而使得一贯沉郁忧戚的"杜陵叟"，能一展愁眉开怀畅咏的个中缘由，自是与秀丽蜀地、淳厚蜀人的影响分不开。"黄四娘家花满蹊，千朵万朵压枝低……"这轻快愉悦的音乐节奏，便充分体现了那时诗人本身的心律。无独有偶，陆游同样，这位曾经"铁马冰河入梦来"的爱国志士，晚年在会稽故土忆怀在蜀地生活情景，竟像唱歌一样咏出了这样优美明快的诗句："当年走马锦城西，曾为梅花醉似泥。二十里中香不断，青羊宫到浣花溪"。谁能料想入川时"细雨骑驴入剑门"心情悒悒的他，一临成都，便会如骑士一般策马穿越花海，焕发出如此活力洋溢的"放翁"神采呢？真是时势造英雄，环境移性情，确有些道理吧。

"九天开出一成都，万户千门入画图"，富饶美丽的蜀地，绮丽繁华的成都，出入皆大师，吞吐尽霓虹，唐宋风度，唐宋气派，千诗万词，描不尽锦绣天府！

郑世翼

过严君平古井

郑世翼，避唐太宗讳，又作郑代翼、郑翼。荥阳（今属河南）人。唐高祖武德（618～626）中，曾任万年丞、扬州录事参军。太宗贞观（627～649）中，坐怨谤，流巂州（今四川西昌）卒。《全唐诗》存其诗五首。

过严君平古井

严平本高尚，远蹈古人风。

卖卜成都市，流名大汉中。

旧井改人世，寒泉久不通。

年多既罢汲，无禽乃遂空。

如何属秋气，唯见落双桐。

【严君平古井】井在今成都市区西的支矶石街一带，相传为严君平所挖。今已不存。【严平】指严君平，名遵，蜀郡成都人。隐居不仕，曾在成都市井中以卖卜为业。【蹈】遵循。【旧井】指严君平古井。【寒泉】清冽的井水。【汲】从井里打水。【无禽乃遂空】指枯井连禽鸟都不来光顾。《周易·井卦》："井泥不食，旧井无禽。"【秋气】指秋日凄清、肃杀之气。【落双桐】两棵落叶的梧桐树。

卢照邻

相如琴台
文翁讲堂
十五夜观灯

卢照邻（约 636～约 680），字升之，自号幽忧子。幽州范阳（今河北定兴）人。出身望族，为初唐四杰之一。曾为王府典签。唐高宗龙朔三年（663）出任益州新都（今属四川成都）尉。唐总章二年（669）底，二考秩满去官。漫游蜀中。离蜀后，寓居洛阳。后为风痹症所困，自投颍水而死。有《幽忧子集》。

相如琴台

闻有雍容地，千年无四邻。

园院风烟古，池台松槚春。

云疑作赋客，月似听琴人。

寂寂啼莺处，空伤游子神。

【相如琴台】在成都西门外市桥以西司马相如宅的附近。从六朝开始成为名迹。【雍容地】指司马相如宅。《史记·司马相如列传》："相如之临邛，从车骑，雍容闲雅，甚都（很美）。"【风烟】景象；风光。【松槚】松树与槚树（楸树）。【作赋客】指司马相如。相如工辞赋，是汉赋的代表作家。【听琴人】指卓文君。汉代司马相如为求卓文君，用琴声向文君表达爱慕之意。文君听琴后即私奔相如。【莺】黄莺。又称黄鹂。

文翁讲堂

锦里淹中馆，岷山稷下亭。

空梁无燕雀，古壁有丹青。

槐落犹疑市，苔深不辨铭。

良哉二千石，江汉表遗灵。

【文翁讲堂】即文翁石室。汉景帝末，文翁为蜀郡守，在成都设置学官，以石头修筑校舍，称为"石室"。故址在今成都市文庙前街。【锦里】成都的别称。【淹中】春秋鲁国里名，古文《礼经》所出之处。后借指儒家学术中心。【岷山】这里指成都。【稷下】指战国齐都城临淄西门稷门附近地区。齐威王与齐宣王曾在此建学宫，广招文学游说之士讲学议论，成为各学派活动的中心。【丹青】指绘画。【市】即槐市。汉代长安读书人聚会、贸易之市。因其地多槐而得名。后借指学宫，学舍。【铭】指刻于石上的铭文。【二千石】汉代郡守俸禄为二千石，因称郡守为"二千石"。此处指文翁。【江汉】指长江与汉水之间及其附近的一些地区，这里指蜀地。【表】表彰，显扬。【遗灵】指前贤的神灵。这里指文翁。

十五夜观灯

锦里开芳宴，兰缸艳早年。

缛彩遥分地，繁光远缀天。

接汉疑星落，依楼似月悬。

别有千金笑，来映九枝前。

【十五】指农历正月十五，是传统的元宵节。成都元宵之夜有赏灯的习俗。【锦里】成都的别称。【开芳宴】是夫妻（有情人）之间一种特定的宴席。【兰缸】亦作"兰釭"。燃兰膏的灯。【缛彩】亦作"缛采"。绚丽的色彩。【分地】遍地。【缀】连接。【汉】天河。【千金】即小姐。古时把富贵人家的未婚女孩称为千金小姐。这里泛指女孩。【九枝】一干九枝的烛灯。亦泛指一干多枝的灯。这里泛指灯。

王勃

送杜少府之任蜀州

重别薛升华

王勃（约 650～676），字子安，绛州龙门（今山西河津）人。为初唐四杰之一。唐高宗麟德二年（665），应幽素科试及第，授职朝散郎。乾封元年（666）任沛王府侍读兼修撰。后因为沛王作《斗鸡檄》被高宗赶出王府。之后，于总章二年（669）游蜀，历时三年，创作了大量诗文。返回长安后，求补得虢州参军。上元三年（676）八月，自交趾探望父亲返回时，不幸渡海溺水，惊悸而死。有《王子安集》。

送杜少府之任蜀州

城阙辅三秦，风烟望五津。

与君离别意，同是宦游人。

海内存知己，天涯若比邻。

无为在歧路，儿女共沾巾。

【少府】当时县尉的通称。【之】到、往。【蜀州】治所在今四川成都崇州市。【城阙】指唐代京师长安城。【辅三秦】以三秦为护卫。三秦，泛指当时长安城附近的关中之地（今陕西省潼关以西一带）。【五津】指从今四川成都都江堰市到今四川彭县岷江上所设的五个渡口：白华津、万里津、江首津、涉头津、江南津。这里泛指蜀地。【宦游】出外做官。【歧路】岔路。古人送行常在大路分岔处告别。【儿女共沾巾】意为不要像青年男女一样，让泪水沾湿了佩巾（相当于现在的手巾）。

重别薛升华

明月沉珠浦，秋风濯锦川。

楼台临绝岸，洲渚亘长天。

旅泊成千里，栖遑共百年。

穷途唯有泪，还望独潸然。

这首诗是唐高宗咸亨元年（670）秋，王勃在成都与薛升华再次分别时所作。上年七月，在绵州（今四川绵阳）与薛升华分别时有《秋日别薛升华》诗，因此言重别。

【薛升华】薛曜，字升华，与王勃为世交，此时随被贬谪的父亲薛元超回嶲州（今四川西昌）。【沉珠浦】珠江的别名。唐陆龟蒙《奉和袭美送李明府之任南海》："居人爱近沉珠浦，候吏多来拾翠洲。"清顾祖禹《读史方舆纪要·广东二·广州》"西江"自注："中有海珠石，是曰珠江。一名沉珠浦。相传昔贾胡挟珠经此，珠忽跃入江中。"王勃之父王福畤正被贬交趾（今越南北部及广西南部的一部分）任县令，故言沉珠浦。【濯锦川】即濯锦江。为岷江支流流江（外江）经过成都城南的一段。【绝岸】陡峭的岸。【洲渚】水中小块陆地。【亘】连绵不断，伸展开去。【旅泊】漂泊。【栖遑】忙碌不安，奔忙不定。【穷途】绝路。比喻处于极为困苦的境地。【潸（shān）然】流泪。

李崇嗣

独愁

李崇嗣，唐高宗末官许州参军，奉使至蜀。曾与陈子昂唱和。武后时任奉宸府主簿。武周圣历（698～700）中，曾与沈佺期等奉敕于东观修书。《全唐诗》存其诗三首。

独 愁

闻道成都酒，无钱亦可求。
不知将几斗，销得此来愁。

【求】索取。【将】吃，饮。【斗】盛酒器。

李白

登锦城散花楼
送友人入蜀
上皇西巡南京歌十首（选二首）

李白（701～762），字太白，号青莲居士。自称祖籍陇西成纪（现甘肃秦安），隋末流寓碎叶（今吉尔吉斯斯坦的托克马克附近）。出生地有碎叶、蜀中诸说。少居绵州昌隆（今四川江油）青莲乡。唐玄宗开元三年（715），十五岁，已有诗赋多首，开始接受道家思想的影响，好剑术，喜任侠。开元六年（718），隐居戴天大匡山（在今四川江油）读书。往来于旁郡，先后出游江油、剑阁、梓州（今四川三台）等地。开元十二年（724），离开故乡，再游成都、峨眉山，然后舟行东下至渝州（今重庆市）。开元十三年（725）出蜀，"仗剑去国，辞亲远游"。足迹遍长江中下游地区。天宝元年（742），诏征入长安，供奉翰林。天宝三载（744），因权贵谗毁，被唐玄宗赐金放还。在洛阳与杜甫相遇，同游梁宋。安史之乱起，受永王李璘邀入幕府。永王兵败后，被判罪长流夜郎。中道遇赦放还。后卒于当涂（今属安徽）。有《李太白文集》。

登锦城散花楼

日照锦城头，朝光散花楼。

金窗夹绣户，珠箔悬银钩。

飞梯绿云中，极目散我忧。

暮雨向三峡，春江绕双流。

今来一登望，如上九天游。

这首诗是唐玄宗开元八年（720）在成都所作。

【锦城】成都的别称。【散花楼】在摩诃池畔，为隋蜀王杨秀所建。故址在今成都市体育中心南侧。【金窗】华美的窗。【绣户】雕绘华美的门户。【珠箔】即珠帘。用线穿成一条条垂直串珠构成的帘幕。【飞梯】高梯。【绿云】即青云。借指高空。【三峡】即长江三峡。【双流】指岷江支流郫江（内江）、流江（外江）双流成都城南。【九天】天空最高处。

送友人入蜀

见说蚕丛路，崎岖不易行。

山从人面起，云傍马头生。

芳树笼秦栈，春流绕蜀城。

升沉应已定，不必问君平。

这首诗是唐玄宗天宝二年（743）在长安所作。

【见说】听说。【蚕丛路】指蜀道。蚕丛，传说中古蜀国的开国国王。【秦栈】由秦（今陕西省）入蜀的栈道。【春流】这里指流经成都郫江和流江。【蜀城】指成都，【升沉】指仕宦中的升沉进退。【君平】汉代严遵，字君平，蜀郡成都人，隐居不仕，曾在成都市上卖卜。

上皇西巡南京歌十首（选二首）

其一

九天开出一成都，万户千门入画图。

草树云山如锦绣，秦川得及此间无。

其二

濯锦清江万里流，云帆龙舸下扬州。

北地虽夸上林苑，南京还有散花楼。

这两首诗是唐肃宗至德二载（757）十二月唐玄宗还长安后李白在宿松（今属安徽安庆）所作。

【上皇西巡南京】唐玄宗天宝十五载（756）六月，安禄山陷长安，玄宗仓皇奔蜀。八月，太子李亨即位于灵武，尊玄宗为太上皇，以成都为南京。【秦川】指唐京城长安所在的关中平原，春秋、战国时为秦国故地。【濯锦】即锦江，又名濯锦江。为岷江支流流江（外江）流经成都城南一段。【云帆龙舸】即悬挂高大的帆的龙舟。【上林苑】古宫苑名。秦旧苑，汉初荒废，至汉武帝时重新扩建。故址在今西安市西。【散花楼】在摩诃池畔，为隋蜀王杨秀所建。故址在今成都市体育中心南侧。

高適（约704～约765），字达夫、仲武，渤海郡（今河北景县）人，后迁居宋州宋城（今河南睢阳）。唐肃宗乾元二年（759），出任彭州（今属四川成都）刺史。上元元年（760），改任蜀州（今崇州市）刺史，直至代宗广德元年（763），二月，迁任剑南节度使。广德二年（764）春离蜀，任刑部侍郎。后转任散骑常侍，世称高常侍。有《高常侍集》。

人日寄杜二拾遗

人日题诗寄草堂，遥怜故人思故乡。

柳条弄色不忍见，梅花满枝空断肠。

身在远藩无所预，心怀百忧复千虑。

今年人日空相忆，明年人日知何处。

一卧东山三十春，岂知书剑老风尘。

龙钟还忝二千石，愧尔东西南北人。

这首诗是唐肃宗上元二年（761）高适任蜀州（今四川成都崇州）刺史时所作。

【人日】旧俗以农历正月初七为人日。【杜二拾遗】指杜甫，排行第二，曾任左拾遗之职。唐代以行第称呼作为尊敬。【草堂】在成都西门外的浣花溪畔，是杜甫流寓成都时于唐肃宗上元元年（760）所建。【远藩】指蜀州。蜀州处于唐西南边境。【无所预】指不能参与朝政。【东山】东晋时谢安早年曾辞官隐居会稽之东山，后因以"东山"指隐居之地。【书剑】指文武才能。【风尘】宦途，官场。【龙钟】衰老的样子。【忝】辱，有愧于，一般用作谦辞。【二千石】因汉代郡守俸禄为二千石，因此以"二千石"称郡守。唐代刺史与郡守相当。这里是指作者自己。【东西南北人】指四方奔走之人。《礼记·檀弓上》记载：孔子曾自称是"东西南北人"。这里指杜甫。

杜甫

成都府
堂成
蜀相
狂夫
春夜喜雨
江畔独步寻花七绝句（选二）
水槛遣心二首（选一）
客至
赠花卿
石笋行
绝句四首（选一）
登楼
晚秋陪严郑公摩诃池泛舟
怀锦水居止二首（选一）

杜甫（712～770），字子美，自号少陵野老。河南巩县（今河南巩义）人。青年时曾漫游晋、吴越。唐玄宗开元二十三年（735），归洛阳，举进士，落第。后复游齐赵。天宝三载（744），在洛阳与李白相遇，同游梁宋。后困居长安近十年。及安禄山陷长安，乃于至德二载（757）逃至凤翔见肃宗，授为左拾遗。不久被贬为华州司功参军。肃宗乾元二年（759）弃官经秦州（今甘肃省天水一带）入蜀。乾元二年（759）年底到达成都，寄居于城西草堂寺。次年春末移居浣花溪畔新建之草堂。先后在此居住近四年，创作诗歌二百余首。代宗宝应元年（762），赴梓州（今四川三台）。广德二年（764）春初，往阆州（今四川阆中）。三月返回成都。六月被剑南节度使严武表荐为检校工部员外郎，故世称"杜工部"。永泰元年（765）因严武去世，离开成都，于大历元年（766）到达夔州（今重庆奉节）。大历三（768）年，乘舟出峡。后流转于荆、楚间。大历五年（770）冬，在由潭州（今湖南长沙）往岳阳的一条小船上去世。有《杜工部集》。

成都府

翳翳桑榆日，照我征衣裳。

我行山川异，忽在天一方。

但逢新人民，未卜见故乡。

大江东流去，游子日月长。

曾城填华屋，季冬树木苍。

喧然名都会，吹箫间笙簧。

信美无与适，侧身望川梁。

鸟雀夜各归，中原杳茫茫。

初月出不高，众星尚争光。

自古有羁旅，我何苦哀伤。

这首诗为唐肃宗乾元二年（759）十二月杜甫到达成都时所作。真实地描画了作者初到成都时喜忧交集的心情。

【翳（yì）翳】朦胧的样子。【桑榆日】将落的太阳。【征衣裳】指旅人之衣。【但】只。【新人民】指到成都所见之人。【未卜】没有占卜，引申为不知，难料。【大江】指岷江支流郫江（内江）和流江（外江）。二江经成都城东南汇合后，向东流去。【游子】离家远游的人。这里指作者自己。【日月】时间。【曾（céng）城】即重城。指成都的大城、少城。【填】布满。【华屋】华美的房屋。【季冬】冬季的最后一个月，农历十二月。【苍】深青色，深绿色。【喧然】热闹。【名都会】有名的城市。这里指成都。【间（jiàn）】混杂。【笙簧】这里指吹笙。簧，乐器中用以发声的薄片。【信美】确实好。【无与适】无从安然自适。【侧身】辗转不安。【川梁】桥梁。【杳茫茫】形容极其遥远，看不到形影。【初月】初升之月。【羁旅】指客居异乡的人。

堂　成

背郭堂成荫白茅，缘江路熟俯青郊。

桤林碍日吟风叶，笼竹和烟滴露梢。

暂止飞乌将数子，频来语燕定新巢。

旁人错比扬雄宅，懒惰无心作解嘲。

杜甫草堂

这首诗作于唐肃宗上元元年（760）杜甫到成都的第二年春。

【堂成】堂，即草堂；成，落成。杜甫靠友人的帮助在成都西郊的浣花溪畔构筑了草堂。【背郭】背负城郭。草堂在成都城西南三里，所以说背郭。【荫（yīn）白茅】屋顶用茅草覆盖。【缘江】顺着江。浣花溪为锦江支流，故称江。【青郊】指春天的郊野。【桤（qī）】即桤树。落叶乔木，木质较软。为成都平原常见树木。【碍日】指树枝叶茂密，遮住阳光。【吟风叶】指枝叶在风中有节奏地作响。【笼竹】指慈竹。丛生，根窠盘结，竹高至两丈许，径粗一至二寸。在成都农村房屋四周多有种植。【将】指带领。【语燕】鸣叫的燕子。【扬雄宅】扬雄，蜀郡成都人，是西汉末年著名的赋家，其在成都的住宅在少城西南隅。【解嘲】扬雄曾经闭门著《太玄经》，有人嘲笑他，他便写了《解嘲》一文。

蜀　相

丞相祠堂何处寻，锦官城外柏森森。
映阶碧草自春色，隔叶黄鹂空好音。
三顾频烦天下计，两朝开济老臣心。
出师未捷身先死，长使英雄泪满襟。

这首诗作于唐肃宗上元元年（760）春。

【蜀相】指三国蜀汉丞相诸葛亮。作者自注："诸葛亮祠在昭烈庙西。"【丞相祠堂】即武侯祠。在成都城南，祀三国蜀汉丞相诸葛亮。【锦官城】成都别称。古代成都织锦业发达，曾设专门官员管理蜀锦生产。在城南有掌织锦官员之官署，称锦官城。后用作成都的别称。【柏森森】宋田况《儒林公议》："（武侯）祠前有大柏，为孔明所植，围数丈。"（按："为孔明所植"应为传闻。）森森，茂密的样子。【自春色】意为空自形成一派春色。【黄鹂】黄莺。【空好音】意为空自唱出好声音。【三顾频烦天下计】指刘备为统一天下而三顾茅庐，问计于诸葛亮。【两朝开济】指诸葛亮辅助刘备开创帝业，后又辅佐刘禅守成。【出师未捷身先死】指诸葛亮多次出师伐魏都未能取胜，在蜀建兴十二年（234）秋，病死于五丈原（今陕西岐山东南）军中。

狂　夫

万里桥西一草堂，百花潭水即沧浪。

风含翠篠娟娟净，雨浥红蕖冉冉香。

厚禄故人书断绝，恒饥稚子色凄凉。

欲填沟壑惟疏放，自笑狂夫老更狂。

这首诗大约作于唐肃宗上元元年（760）夏。

【狂夫】放荡不羁的人。这里是杜甫自称。【万里桥】在成都南门外的锦江上。杜甫在浣花溪畔的草堂在万里桥的西面。【百花潭】在成都西郊，为与浣花溪相接的一水潭。杜甫草堂在潭北。【沧浪】指汉水支流沧浪江，古代以水色青苍得名。《孟子·离娄上》引古歌："沧浪之水清兮，可以濯我缨。沧浪之水浊兮，可以濯我足。"这里是把百花潭比作沧浪之水。【篠（xiǎo）】今为"筱"，指细小的竹子。【娟娟】秀美的样子。【浥】湿润。【红蕖】粉红色的荷花。【冉冉】慢慢地。【厚禄】有优厚俸禄的。这里指做大官的。【故人】旧友，老朋友。【书】书信。【恒饥】经常挨饿。【欲】将要。【填沟壑】填尸于沟壑。指死。【疏放】任性而为，不受拘束。

春夜喜雨

好雨知时节，当春乃发生。

随风潜入夜，润物细无声。

野径云俱黑，江船火独明。

晓看红湿处，花重锦官城。

这首诗是唐肃宗上元二年（761）春在成都草堂所作。

【乃】就。【随风潜入夜】指春雨在夜里悄悄地随风而至。【野径】田野间的小路。【红湿处】指经雨水湿润的花。【花重（zhòng）】花因为饱含雨水而显得沉重。【锦官城】成都别名。古代成都织锦业发达，曾设专门官员管理蜀锦生产。在城南有掌织锦官员之官署，称锦官城。后用作成都的别称。

江畔独步寻花七绝句（选二）

其一

黄师塔前江水东，春光懒困倚微风。
桃花一簇开无主，可爱深红爱浅红？

其二

黄四娘家花满蹊，千朵万朵压枝低。
留连戏蝶时时舞，自在娇莺恰恰啼。

这两首诗大约作于唐肃宗上元二年（761）春。

【黄师塔】指埋一姓黄和尚骨灰处立的石塔。唐宋时，蜀人称僧侣为师，其葬处均建塔，称之为"师塔"。【无主】没有主人。【可】这里作疑问词。【黄四娘】一姓黄的妇女。唐代以行第称呼作为尊敬，对妇女则在行第后加一"娘"字。【蹊】小路。【留连】留恋不舍。【莺】黄莺。又称黄鹂。【恰恰】莺啼声。

水槛遣心二首（选一）

去郭轩楹敞，无村眺望赊。
澄江平少岸，幽树晚多花。
细雨鱼儿出，微风燕子斜。

城中十万户，此地两三家。

这首诗大约作于唐肃宗上元二年（761）。

【水槛】临水的栏杆。【去郭】远离城郭。【轩楹】堂前的廊柱。这里泛指廊庑。
【赊】远。【澄江平少岸】清澈的江水几乎与岸齐平，只能见到很少的江岸。【幽树】幽深的树木。

客 至

舍南舍北皆春水，但见群鸥日日来。
花径不曾缘客扫，蓬门今始为君开。
盘飧市远无兼味，樽酒家贫只旧醅。
肯与邻翁相对饮，隔篱呼取尽馀杯。

这首诗作于唐肃宗上元二年（761）春。

【客至】客，指崔明府，杜甫在题后自注："喜崔明府相过"。明府，在唐代是对县令的尊称。相过，即探望、相访。【舍】指杜甫在成都西郊浣花溪畔的草堂。【但见】只见。【鸥】即江鸥。羽毛白色，成群活动，善游水。【花径】长满花草的小路。【缘】因，为了。【蓬门】以蓬草为门，形容住处贫寒简陋。【盘飧（sūn）】盘中的熟食。【市远】离市集远。【兼味】多种菜肴。【樽酒】酒器中的酒。【旧醅（pēi）】旧酿的没有滤过的米酒。当时的米酒以新酿为嘉。【肯】能愿词，能否允许。【取】动词词尾。

赠花卿

锦城丝管日纷纷，半入江风半入云。
此曲只应天上有，人间能得几回闻？

这首诗大约是唐肃宗上元二年（761）在花敬定的一次宴会上所作。

【花卿】指成都府尹崔光远的部将花敬定，他曾平定梓州刺史段子璋的叛乱。卿，尊称。【锦城】成都的别称。【丝管】弦乐和管乐，泛指音乐。【日】每天。【纷纷】众多的样子。【天上】双关语，除字面上意思外，还指宫廷。【人间】亦为双关语，除字面上意思外，还指民间。

石笋行

君不见益州城西门，陌上石笋双高蹲。

古来相传是海眼，苔藓蚀尽波涛痕。

雨多往往得瑟瑟，此事恍惚难明论。

恐是昔时卿相墓，立石为表今仍存。

惜哉俗态好蒙蔽，亦如小臣媚至尊。

政化错迕失大体，坐看倾危受厚恩。

嗟尔石笋擅虚名，后来未识犹骏奔。

安得壮士掷天外，使人不疑见本根。

这首诗作于唐肃宗上元二年（761）秋。

【石笋】当时成都西门外（今石笋街）有两个笋状大石，高一丈多，底围一丈左右，名"石笋"。传说是神人用来镇海眼的，实为古蜀国遗物。清仇兆鳌《杜诗详注》引《华阳风俗记》："蜀人曰：'我州之西，有石笋焉，天地之堆，以镇海眼，动则洪涛大滥。'"【益州】指成都。【陌上】田间。【海眼】传说从地底与大海相通的孔眼。【雨多往往得瑟瑟】瑟瑟，碧珠。唐卢求《成都记》："石笋之地，雨过必有小珠，或青黄如粟，亦有细孔，可以贯丝。"【卿相】古时高级长官或爵位的称谓。【表】石碑。【小臣】宦官。【媚】谄媚。【至尊】皇帝。【政化】政治和教化。【错迕】矛盾，错乱。【倾危】指险诈的人。【嗟】感叹词。【尔】你，指石笋。【擅】占有，据有。【未识】指不

望江楼

明真相的人。【骏奔】快跑，指赶来看石笋。【本根】根由，根源。指事实的真相。

绝句四首（选一）

两个黄鹂鸣翠柳，一行白鹭上青天。

窗含西岭千秋雪，门泊东吴万里船。

这首诗是唐代宗广德二年（764）春末杜甫从阆州（今四川阆中）初返成都后在草堂所作。

【白鹭】又名鹭鸶，羽毛白色，腿长，能涉水捕食鱼虾。【西岭】指岷山。【千秋雪】千秋，千年。岷山主峰终古积雪，所以说千秋雪。【东吴】泛指古吴地。大约相当于现在江苏、浙江两省东部地区。

登 楼

花近高楼伤客心，万方多难此登临。

锦江春色来天地，玉垒浮云变古今。

北极朝廷终不改，西山寇盗莫相侵。

可怜后主还祠庙，日暮聊为梁甫吟。

这首诗是唐代宗广德二年（764）春末杜甫从阆州（今四川阆中）初返成都后所作。

【客】作者自称。【万方】指各地；四方。【锦江】濯锦江的简称。为岷江支流流江（外江）流经成都城南的一段。【天地】天地之间。【玉垒】山名，在成都西北。【变古今】与古今俱变。【北极朝廷终不改】北极，北极星。古人常用以指代朝廷。唐代宗广德元年（763），吐蕃军队攻占唐都长安，唐代宗东逃陕州。后来郭子仪收复长安，唐代宗返回京城。这句是说唐代政权是稳固的。【西山寇盗】指入侵的吐蕃人。唐代宗广德元年（763）十二月，吐蕃人侵占了蜀地的松州、维州等地。西山，指今四川省西部当时和吐蕃交界地区的雪山。【可怜后主还祠庙】后主，指三国蜀国后主刘禅。他听信宦官，使蜀国为魏国所灭，成为亡国之君。这句是说连蜀后主这样的人竟然还有祠庙。这里借蜀后主之事暗讽唐代宗信用宦官招致祸患。【聊】姑且。【梁甫吟】即梁父吟。乐府楚调曲名。据《三国志·蜀志·诸葛亮传》载，诸葛亮"躬耕陇亩，好为梁父吟。"

晚秋陪严郑公摩诃池泛舟

湍驶风醒酒，船回雾起堤。

高城秋自落，杂树晚相迷。

坐触鸳鸯起，巢倾翡翠低。

莫须惊白鹭，为伴宿青溪。

这首诗作于唐代宗广德二年（764）秋。

【严郑公】严武，封郑国公，故称。时任成都府尹、剑南节度使。与杜甫友善，曾长期接济杜甫一家。【摩诃池】作者自注："池在张仪子城内。"故址在今成都体育中心南侧。隋文帝开皇二年（586），蜀王杨秀展筑成都子城，取土之坑，因以为池。在唐代中叶，摩诃池已为泛舟游览胜地。【湍驶】指急速的流水。【巢倾】树上鸟巢下垂。【翡翠】鸟名。嘴长而直，生活在水边，吃鱼虾之类。【莫须】无须，不必。【白鹭】又名鹭鸶，羽毛白色，腿长，能涉水捕食鱼虾。【为伴】做伴。【青溪】碧绿的溪水。

怀锦水居止二首（选一）

万里桥南宅，百花潭北庄。

层轩皆面水，老树饱经霜。

雪岭界天白，锦城曛日黄。

惜哉形胜地，回首一茫茫。

这首诗大约是杜甫唐代宗永泰元年（765）离开成都到云安（今重庆云阳）后所作。

【锦水居止】指杜甫在成都西郊浣花溪畔的草堂。锦水，锦江。居止，居处。【万里桥】在成都南门外的锦江上。杜甫草堂在万里桥南面。【百花潭】在成都西郊，为与浣花溪相接的一水潭。杜甫草堂在潭的北面。【层轩】即重轩。指多层的带有长廊的敞厅。【雪岭】指岷山，其主峰积雪终年不化。【界天】接天。【锦城】成都的别称。【曛日】夕阳。【形胜地】地理位置优越之地。【一】皆，尽。

岑参

万里桥　升仙桥　张仪楼

　　岑参（约715～770），荆州江陵（今属湖北）人，郡望南阳（今属河南）。唐玄宗天宝三载（744）进士。初为率府兵曹参军。后两次从军边塞，先在安西节度使高仙芝幕府掌书记。天宝末年，封常清为安西北庭节度使时，为其幕府判官。代宗永泰元年（765）十一月出为嘉州（今四川乐山）刺史，因蜀乱行至梁州（今陕西汉中）而还。永泰二年（766）二月，剑南西川节度使杜鸿渐入蜀平乱，表为职方郎中兼殿中侍御史，列在幕府，同行入蜀。七月抵成都。后赴嘉州（今四川乐山）任刺史。世称岑嘉州。大历三年（769）罢官，后欲返故里，因蜀中战乱，终未成行，卒于成都。有《岑嘉州集》。

张仪楼

传是秦时楼，巍巍至今在。

楼南两江水，千古长不改。

曾闻昔时人，岁月不相待。

【张仪楼】原张仪楼为成都宣明门之城楼，位于成都少城西南角，传为秦时张仪所建。唐时之张仪楼为隋蜀王杨秀重建少城时在原张仪楼故址所重建。【两江】指岷江支流郫江（内江）、流江（外江）。两江双流成都城南，为秦时李冰所开凿。【昔时人】指孔子。【岁月不相待】指时光像流水一样消逝，日夜不停。《论语·子罕》："子在川上曰：'逝者如斯夫，不舍昼夜！'"

升仙桥

长桥题柱去，犹是未达时。
及乘驷马车，却从桥上归。
名共东流水，滔滔无尽期。

【升仙桥】今名驷马桥，成都北门外。据东晋常璩《华阳国志》记载：司马相如初入长安，过升仙桥的送客观，在其门楣上题书"不乘高车驷马，不过汝下"。后果然官封武骑常侍，乘坐驷马高车回成都。【达】显达，地位高而有名声。【驷马车】指显贵者所乘的驾四匹马的高车。

万里桥

成都与维扬，相去万里地。
沧江东流疾，帆去如鸟翅。
楚客过此桥，东看尽垂泪。

【万里桥】在成都南门外的锦江上。三国时，蜀汉丞相诸葛亮曾在此设宴送费祎出使东吴，费祎叹曰："万里之行，始于此桥。"该桥由此而得名。【维扬】扬州的别称。【沧江】江水。以江水呈苍色，故称。【楚客】作者自称。岑参故乡是荆州江陵（今属湖北），属楚地，在成都以东。

张籍（约766～约830），字文昌，和州乌江（今安徽和县）人。原籍吴郡（今江苏苏州）。唐德宗贞元十五年（799）进士。历任太常寺太祝、国子监助教、秘书郎、国子博士、水部员外郎、主客郎中、国子司业。世称"张水部""张司业"。有《张司业集》。

成都曲

锦江近西烟水绿，新雨山头荔枝熟。
万里桥边多酒家，游人爱向谁家宿？

【锦江】濯锦江的简称。为岷江支流流江（外江）流经成都城南一段。【烟水】雾霭迷蒙的水面。【万里桥】在成都南门外的锦江上。三国时，蜀汉丞相诸葛亮曾在此设宴送费祎出使东吴，费祎叹曰："万里之行，始于此桥。"该桥由此而得名。

王建

寄蜀中薛涛校书

王建（约766～？），字仲初，颍川（今河南许昌）人。出身寒微，一生潦倒。曾一度从军，约46岁始入仕，曾任昭应县丞、太常寺丞等职。后出为陕州司马，世称王司马。有《王建诗集》。

寄蜀中薛涛校书

万里桥边女校书，枇杷花里闭门居。
扫眉才子知多少，管领春风总不如。

【蜀中】指成都。【校（jiào）书】本是掌校理典籍的官员，薛涛因有文才，被时人称为女校书。【万里桥】在成都南门外的锦江上。【枇杷花】冬月开花，黄白色，众花成簇具有香气。【扫眉才子】泛指从古以来的才女。扫眉，画眉。【管领】管辖统领。【春风】指风流文采。

薛涛

酬人雨后玩竹

筹边楼

薛涛（约768～约832），字洪度。长安（今陕西西安）人。幼时随父入蜀。父死，遂寄居成都。韦皋任剑南西川节度使时，得以召见，遂入乐籍。能诗，时称女校书。和当时的著名诗人元稹、白居易、张籍、王建、刘禹锡、杜牧、张祜等人都有过唱酬交往。曾居成都西郊浣花溪，所创制的深红色诗笺，人称"薛涛笺"。晚年居于城内碧鸡坊，建吟诗楼。《全唐诗》存其诗一卷。

酬人雨后玩竹

南天春雨时，那鉴雪霜姿。

众类亦云茂，虚心能自持。

多留晋贤醉，早伴舜妃悲。

晚岁君能赏，苍苍劲节奇。

【玩竹】欣赏竹。成都自古盛产竹，城中乡间随处可见。竹枝杆挺拔、修长，四季青翠，凌霜傲雨，备受文人墨客的喜爱。杜甫咏成都之竹有"笼竹和烟滴露梢"之句。【鉴】照。【雪霜姿】花木不畏严寒的姿态。【晋贤】指嵇康、阮籍等竹林七贤。他们常在竹林中喝酒、纵歌，肆意酣畅。【舜妃悲】传说舜帝南巡，死于苍梧。他的妃子娥皇和女英往寻。在九嶷山下，二妃抱竹痛哭，泪溅于竹，成为斑竹。后称"湘妃竹"。

筹边楼

平临云鸟八窗秋，壮压西川四十州。

诸将莫贪羌族马，最高层处见边头。

这首诗作于唐文宗大和五年（833）。

【筹边楼】为唐文宗大和四年（831）西川节度使李德裕为筹划边事所建，故名。楼在节度署侧。南宋末毁。【平临】平视。【八窗】指楼的八方之窗户。【西川】唐代方镇剑南道西川的简称。约当今四川成都平原及其以北以西和雅砻江以东地区。【四十州】唐代剑南道西川领一府二十六州。此四十州为大约言。【羌族】指西羌。主要分布在今甘肃、青海、四川西部，以游牧为主。【边头】边地。西川为唐的边境。

看一场精彩的川剧

第二辑：九天开出一成都　万户千门入画图

047

刘禹锡

浪淘沙九首（选一）

刘禹锡（772～842），字梦得，洛阳（今属河南）人。唐德宗贞元九年（793）进士。贞元十六年（800）入朝任监察御史。顺宗永贞元年（805）任屯田员外郎。参与王叔文革新。革新失败后，被贬为郎州（今湖南常德）司马。宪宗元和十年（815）被召回，因玄都观诗，再贬为连州（今广东连县）刺史。穆宗长庆元年（821）冬任夔州（今重庆奉节）刺史。长庆四年（824）夏任和州（今安徽和县）刺史。后历任主客郎中，苏州、汝州、同州刺史，晚年为检校礼部尚书兼太子宾客。世称刘宾客。有《刘梦得文集》。

浪淘沙九首（选一）

濯锦江边两岸花，春风吹浪正淘沙。

女郎剪下鸳鸯锦，将向中流匹晚霞。

【浪淘沙】唐教坊曲名。后用为词牌。【濯锦江】即锦江。为岷江支流流江（外江）流经成都城南一段。传说蜀人织锦濯其中则锦色鲜艳，濯于他水，则锦色暗淡，故名。【鸳鸯锦】绣有鸳鸯图案的蜀锦。【将】携带。【中流】水流的中央。【匹晚霞】与晚霞比美。

张祜

散花楼

张祜，字承吉，南阳（今属河南）人。郡望清河（今属河北）。寓居姑苏（今江苏苏州）。早年浪迹江湖，任侠说剑，狂放不羁。后至长安，为元稹排挤。遂入蜀至成都，与薛涛有唱和。后至淮南，爱丹阳曲阿地，隐居以终。约卒于唐懿宗大中（859）年间。有《张处士诗集》。

散花楼

锦江城外锦城头，回望秦川上轸忧。

正值血魂来梦里，杜鹃声在散花楼。

这首诗应是作者从长安初至成都时所作。

【散花楼】在摩诃池畔，为隋蜀王杨秀所建。故址在今成都市体育中心南侧。【锦江】濯锦江的简称。为岷江支流流江（外江）流经成都城南一段。【锦城】成都的别称。【秦川】泛指今陕西、甘肃的秦岭以北平原地带。【轸（zhěn）忧】忧伤悲痛。【血魂】传说古蜀国国王杜宇死后，其魂化作杜鹃鸟，春来则哀鸣啼血，染红杜鹃花。

温庭筠

锦城曲

温庭筠（约812～约870），原名岐，字飞卿，太原（今属山西）人。少负才名，恃才不羁，好讥刺权贵，多犯忌讳，取憎于时，故屡举进士不第，长被贬抑，终生不得志。曾任随县和方城县尉，官终国子监助教。有《温庭筠诗集》。

锦城曲

蜀山攒黛留晴雪，篸笋蕨芽萦九折。

江风吹巧剪霞绡，花上千枝杜鹃血。

杜鹃飞入岩下丛，夜叫思归山月中。

巴水漾情情不尽，文君织得春机红。

怨魄未归芳草死，江头学种相思子。

树成寄与望乡人，白帝荒城五千里。

【锦城】成都的别称。【蜀山】指岷山。【留晴雪】指积雪终年不化。【攒（cuán）黛】像画眉用的黛墨攒聚而成。【篸笋】篸竹的笋子。【蕨芽】蕨是一种多年生草本植物，其幼芽（叶）可食，各地荒山都有生长。【萦九折】指山路盘旋曲折。【霞绡】彩色的丝织品。这里指云彩。【杜鹃血】传说古蜀国国王杜宇死后，其魂化作杜鹃鸟，春来则哀鸣啼血，染红杜鹃花。【夜叫思归】杜鹃的鸣声好像"不如归去"，所以说思归。【文君】卓文君。这里指代成都的织女。【机】织机。【相思子】这里指红豆树。它的种子名红豆，颜色鲜红，古代文学作品中常用来象征相思，故又称"相思子"。【白帝荒城】白帝城位于今重庆奉节县瞿塘峡口的长江北岸，奉节东白帝山上。西汉末年公孙述据蜀，在山上筑城称帝。【五千里】形容蜀地广远。

成都水井坊

李商隐

杜工部蜀中离席

武侯庙古柏

李商隐（813～858），字义山，号玉谿生，怀州河内（今河南沁阳）人。唐文宗开成二年（837）进士。曾任秘书省校书郎、弘农尉等职。宣宗大中五年（851）入蜀，任东川节度使柳仲郢的节度判官。在四川的梓州（今四川三台）幕府生活的四年间，曾一度对佛教有着很大的兴趣，与当地的僧人交往，并捐钱刊印佛经，甚至想过出家为僧。因卷入"牛李党争"的政治旋涡而备受排挤，一生困顿不得志。有《李义山诗集》。

杜工部蜀中离席

人生何处不离群，世路干戈惜暂分。

雪岭未归天外使，松州犹驻殿前军。

座中醉客延醒客，江上晴云杂雨云。

美酒成都堪送老，当垆仍是卓文君。

这首诗是唐宣宗大中六年（852）在成都所作，是一首模仿杜甫风格的留别诗。

【杜工部】唐代诗人杜甫曾任工部员外郎，世称"杜工部"。【蜀中】指成都。【离席】饯别的筵席。【雪岭】即岷山。【天外使】指唐朝派往吐蕃的使臣。当时吐蕃常入侵，唐朝派使臣前往吐蕃，被扣留。【松州】在今四川松潘县。【殿前军】皇帝的禁卫军。当时边兵给养很差，为增加给养，都请准改隶殿前军。【延】请。【堪】可。【当垆仍是卓文君】垆是酒店里安置酒瓮的土墩子。汉代的卓文君与司马相如曾在临邛（今四川成都邛崃）开酒馆，文君当垆卖酒。这里以卓文君比成都的酒馆卖酒女。

武侯庙古柏

蜀相阶前柏，龙蛇捧閟宫。
阴成外江畔，老向惠陵东。
大树思冯异，甘棠忆召公。
叶凋湘燕雨，枝拆海鹏风
玉垒经纶远，金刀历数终。
谁将出师表，一为问昭融。

【武侯庙古柏】唐段文昌《古柏文》："武侯祠前，柏寿千龄，盘根拥门，势如龙形。"武侯庙，即武侯祠，在成都城南，祀三国蜀汉丞相诸葛亮。诸葛亮生前封武乡侯，死后谥忠武侯，后人尊称为武侯。【閟（bì）宫】神庙。这里指武侯祠。【阴】树荫。【外江】即流江。为岷江支流，流经成都城南。【惠陵】三国蜀汉昭烈皇帝刘备的陵墓。武侯庙在惠陵的东面。【大树思冯异】冯异，东汉初名将。为人谦让，不自夸功劳，每当其他将军坐在一起讨论功劳时，他总是独自退避到树下，军队中号为"大树将军"。【甘棠忆召（shào）公】周代召公出巡，遇见百姓因争论而诉讼，他就在甘棠（棠梨）树下给他们公正地裁决。召公死后，人们怀念他，对那甘棠树也特别爱护。这两句借冯异、召公写对诸葛亮的思念。【湘燕雨】相传湘州（今湖南长沙）零陵山有石燕，遇雨则飞。【拆】同"坼"，裂开。【海鹏风】很大的风。《庄子·逍遥游》："鹏之徙于南冥也，水击三千里，抟扶摇而上者九万里。"【玉垒】山名，在成都西北。【经纶】整理丝缕、理出丝绪和编丝成绳，统称经纶。引申为筹划治理国家大事。【金刀】"刘"字的繁体"劉"从金从刀，汉朝的皇帝姓刘，因此以"金刀"指代刘姓的皇统。【历数】指帝王继承的次序。【将】拿着。【出师表】三国蜀后主建兴五年（227）诸葛亮出师伐魏时上后主刘禅的表章。【昭融】上天。

高骈

锦城写望

高骈（821～887），字千里，幽州（今北京）人。历任天平、荆南、镇海、淮南等镇节度使。曾入蜀任剑南西川节度使，于唐僖宗乾符三年（876）在成都开挖护城河，修筑罗城，增强了成都的军事防御能力。《全唐诗》存其诗一卷。

锦城写望

蜀江波影碧悠悠，四望烟花匝郡楼。

不会人家多少锦，春来尽挂树梢头。

【锦城】成都的别称。【写望】纵目远望。【蜀江】指锦江。为岷江支流流江（外江）流经成都城南一段。传说蜀人织锦濯其中则锦色鲜艳，濯于他水，则锦色暗淡，故名锦江。【烟花】泛指绮丽的春景。【匝】围绕。【郡楼】指成都城楼。【不会】不知道。

刘驾

刘驾（822～？），字司南，江东人。初举进士不第，寓居长安逾三年。唐宣宗大中六年（852），登进士第。官国子博士。僖宗广明二年（881）随僖宗入蜀。后曾寄居成都、郪县（今四川三台）数年。《全唐诗》存其诗一卷。

晓登成都迎春阁

未栉凭栏眺锦城，烟笼万井二江明。

香风满阁花满树，树树树梢啼晓莺。

【栉（zhì）】梳头。【锦城】成都的别称。【万井】千家万户。【二江】指岷江支流郫江（内江）、流江（外江）。二江双流成都城南。【莺】黄莺。又称黄鹂。

萧遘

成都

萧遘（？～887），字得圣，南兰陵（今江苏常州）人。唐僖宗咸通五年（864）
进士。历任校书郎、右拾遗、播州司马、礼部员外郎、中书舍人、户部侍郎、兵部侍
郎等职。黄巢之乱时，于广明二年（881）随僖宗入蜀，被拜为宰相，任中书侍郎、同
平章事。《全唐诗》存其诗三首。

成　都

月晓已闻花市合，江平偏见竹簰多。

好教载取芳菲树，剩照岷天瑟瑟波。

【月晓】残月将落的拂晓。【花市】卖花的集市。宋赵抃《成都古今集记》："成都
二月花市，各地花农辟圃卖花，列陈百卉，蔚为香圃。"【合】会聚，聚合。【竹簰】大
的竹筏。【芳菲树】开满芳香的花朵的树。【岷天】指成都的天空。【瑟瑟波】碧波。

郑谷（约 851～约 910），字守愚，袁州宜春（今属江西）人。屡举进士不第。唐僖宗广明二年（881），因避黄巢之乱而入蜀。光启三年（887），登进士第。官都官郎中，人称郑都官。有《云台编》。

蜀中三首（选一）

渚远江清碧簟纹，小桃花绕薛涛坟。

朱桥直指金门路，粉蝶高连玉垒云。

窗下斫琴翘凤足，波中濯锦散鸥群。

子规夜夜啼巴树，不并吴乡楚国闻。

【渚】水中小块陆地。【碧簟（diàn）纹】"簟"，竹席。这里形容江中碧波像竹席细密的纹理一样。【小桃花】陆游认为："所谓小桃者，上元前后著花，状如垂丝海棠。"（《老学庵笔记》卷四）而明曹学佺《蜀中名胜记·方物记》则认为是樱桃。【薛涛坟】唐代女诗人薛涛之坟原应在成都西门外，具体位置已难考证。至明代始置薛涛井于东郊，并在附近造薛涛坟以点缀名胜。【金门】指当时成都的西城门金阊门。【粉堞】用白垩涂刷的城上女墙。【玉垒】山名，在成都西北。【斫（zhuó）琴】是指古琴制作的一种精细工艺技术。【凤足】琴上攀弦之物的美称。【濯锦】漂洗织锦。【鸥】即江鸥。羽毛白色，成群活动，善游水。【子规】杜鹃鸟的别名。传说为古蜀国国王杜宇的魂魄所化。常夜鸣，声音凄切。【巴树】这里因平仄，以"巴"代"蜀"，指蜀地之树。【不并】不同。【吴乡】楚国指吴地和楚地。比喻不同区域。

蜀中赏海棠

浓淡芳春满蜀乡，半随风雨断莺肠。

浣花溪上堪惆怅，子美无心为发扬。

【蜀中】指成都。【海棠】落叶乔木。春季开花，白色或淡红色。品种颇多，供观赏。【莺】黄莺。又称黄鹂。【浣花溪】在成都西郊，为锦江支流。溪旁有唐杜甫的故居草堂。【堪】勉强承受。【惆怅】因失望而伤感。【子美】唐代诗人杜甫，字子美，曾任工部员外郎，世称"杜工部"。作者自注："杜工部居西蜀，诗集中无海棠之题。"不独杜甫，初唐及盛唐诗人均无咏海棠之作。《全唐诗》中咏海棠仅有六十余次，作者均为中唐及晚唐之人。

张立

咏蜀都城上芙蓉

张立，新津（今属四川成都）人。后蜀宰相李昊曾荐之于后主孟昶，不赴。自号"阜江渔翁"。性朴直无忌讳。《全唐诗》存其诗二首。

咏蜀都城上芙蓉

四十里城花发时，锦囊高下照坤维。
虽妆蜀国三秋色，难入豳风七月诗。

后蜀主孟昶令成都罗城上尽种芙蓉，每至秋时盛开，四十里皆铺锦绣，高下相照。孟昶谓左右曰："自古以蜀为锦城，今日观之，真锦城也。"张立作《咏蜀都城上芙蓉》诗讽之。

【蜀都】指成都。【四十里城】后蜀在成都罗城外又增筑羊马城，以为外城。羊马城城周围四十二里。【锦囊】这里指开放的芙蓉花。【坤维】指西南方。这里指代成都。【妆】装点。【三秋】指秋季。为芙蓉开放的时节。【豳（bīn）风七月】指《诗经·国风·豳风·七月》一诗。这首诗描写了当时农人全年的劳动生活。以上两句是说，芙蓉虽然装点了成都秋季的景色，但却和百姓生活无关。

柳永

一寸金

柳永（约984～约1053），原名三变，字景庄，后改名永，字耆卿，因排行第七，又称柳七，崇安（今属福建）人。宋真宗大中祥符元年（1008），进京参加科举，屡试不中，遂一心填词。流连于秦楼楚馆，恣情游宴，放荡不检。后曾西游成都、京兆，遍历荆湖、吴越。仁宗景祐元年（1034），登进士第。历任睦州团练推官、余杭县令、泗州判官等职。终官屯田员外郎，故世称"柳屯田"。有《乐章集》。

一寸金

井络天开，剑岭云横控西夏。地胜异，锦里风流，蚕市繁华，簇簇歌台舞榭。雅俗多游赏，轻裘俊，靓妆艳冶。当春昼，摸石江边，浣花溪畔景如画。　　梦应三刀，桥名万里，中和政多暇。仗汉节，揽辔澄清。高掩武侯勋业，文翁风化。台鼎须贤久。方镇静，又思命驾。空遗爱，两蜀三川，异日成嘉话。

这是一首投赠词。宋仁宗明道二年（1033），柳永经渭南至成都。时韩亿为益州（今四川成都）知州，柳永作《一寸金》词以赠。这首词上阕赞美成都风物民情，下阕称颂益州知州韩亿。

【一寸金】词牌名，为柳永所创制。【井络】井宿区域。古代星野说，认为蜀地对应的天区为井宿。故以井络泛指蜀地。【天开】上天开发。【剑岭】剑门山。【控】控制。【西夏】我国古代少数民族党项族建立的大夏王国，宋人称之为西夏。【锦里】成都的别称。【风流】指有风情。【蚕市】宋代成都，每年春时，在大慈寺前有蚕市，买卖蚕具兼及花木、果品、药材杂物，并供人游乐。【簇簇】聚集。【轻裘】轻暖的皮衣。这里代指富家公子。【靓妆】指妆饰华美的女子。【艳冶】艳丽妖冶。多形容女子容态。【摸石】当时成都风俗，每年三月二十一日，游城东海云寺，在池中摸石，为求子吉祥。【浣花溪】在成都西郊，为锦江支流。是唐宋以来著名的郊游之地。【梦应三刀】据《晋书·王濬传》载，王濬"梦悬三刀於卧屋梁上，须臾又益一刀。濬惊觉，意甚恶之。主簿李毅再拜贺曰：'三刀为州字，又益一者，明府其临益州乎？'"后来王濬果然升为益州刺史。后把"三刀"作为刺史之代称，用"三刀梦"指高升的吉兆。【万里桥】在成都南门外的锦江上。三国时，蜀汉丞相诸葛亮曾在此设宴送费祎出使东吴，费祎叹曰："万里之行，始于此桥。"该桥由此而得名。【中和政多暇】中和，中庸之道的主要内涵。这里是说能做到中和，因此政通人和，官事很少，而多暇日。【汉节】汉天子所授予的符节。亦指持节的使者。【揽辔（pèi）澄清】揽辔，挽住马缰。澄清，喻平治天下。《后汉书·范滂传》："滂登车揽辔，慨然有澄清天下之志。"后以"揽辔澄清"指官吏初到任职即能澄清政治，稳定局面。【高掩】足以超过。【武侯勋业】三国时蜀汉丞相诸葛亮的功勋业绩。【文翁】西汉官员。汉景帝末，任蜀郡守，在成都设置学官，使蜀地文风大盛。韩亿在成都也"崇学尚文，振礼让之声。"【台鼎】旧称三公（中央三种最高官衔的合称）为台鼎，如星之有三台，鼎之有三足。【方镇静】这里指韩亿管理下的益州安定无事。【命驾】命人驾车马。谓立即动身。这里指升职回朝。【遗爱】指留于后世而被人追怀的德行、恩惠、贡献等。【两蜀三川】两蜀即两川，唐代东川和西川的合称。三川，唐代以剑南东川、剑南西川及山南西道三镇为三川。这里用两蜀三川指代益州。【嘉话】即佳话。流传一时，当作谈话资料的好事或趣事。

锦里

宋 祁

成 都

宋祁（998～1061），字子京。开封雍丘（今河南杞县）人。后徙安州安陆（今属湖北）。宋仁宗天圣二年（1024）进士。历官龙图阁学士、史馆修撰、知制诰、工部尚书。因其《玉楼春》词中有"红杏枝头春意闹"句，世称"红杏尚书"。于皇祐五年（1053）至嘉祐四年（1059），入蜀任益州（今四川成都）知州。于嘉祐二年（1057）撰《益部方物略记》，记录了剑南地区草木、药材、鸟兽等物种。有《宋景文集》。

成　都

风物繁雄古奥区，十年伧父巧论都。

云藏海客星间石，花识文君酒处垆。

两剑作关屏对绕，二江联派练平铺。

此时全盛超西汉，还有渊云抒颂无。

【繁雄】繁华。【奥区】腹地。【十年伧父巧论都】指晋左思构思十年写出《蜀都赋》。伧父，是当时陆机对左思的蔑称。《晋书·文苑传·左思》："初，陆机入洛，欲为此赋，闻思作之，抚掌而笑，与弟云书曰：'此间有伧父，欲作《三都赋》，须其成，当以覆酒瓮耳。'"【星间石】作者自注:"成都有一石,人传严君平所辨星,石今在严真观。""星间石",即支机石。传说有一人寻找河源,至天河,遇见一正在浣纱的女子,赠其一石。回来以后问严君平,说石头是织女用来支撑织布机的支机石。另一说为汉代张骞奉命寻找河源,乘槎经月亮至天河,在月亮见一女织,又见一夫牵牛饮河,织女取支机石与张骞。【文君酒处垆】汉代的卓文君与司马相如曾在临邛(今四川成都邛崃)开酒馆。酒垆是酒馆里安置酒瓮的土墩子。【两剑】指剑门的大剑山、小剑山。【屏对绕】指剑门北坡山势陡峭,连绵不断,宛如天然屏障。【二江联派】指锦江与清远江在成都城的东南汇合。【练】白绢。这里指江水。【渊云】汉王褒(字子渊)和扬雄(字子云)的并称。二人皆以赋著称。【抒颂】指抒写颂扬成都的文字。

张俞

蚕妇

　　张俞，字少愚，号白云先生，又字才叔，益州郫（今四川成都郫县）人。屡试不第。因推荐被任命为秘书省校书郎，愿以官让其父而自隐于家。文彦博任成都知府时，为其在青城山白云溪筑室居住，因自号白云先生。今《全宋诗》录其诗二十八首。

蚕妇

昨日入城市，归来泪满巾。

遍身罗绮者，不是养蚕人。

　　【城】指成都城。宋代成都，每年春时，在大慈寺前有蚕市，买卖蚕具兼及花木、果品、药材杂物，并供人游乐。【市】做买卖的地方，这里指卖出蚕丝。【巾】用来擦脸或揩手用的布。【罗绮】罗和绮是两种丝织品。多借指丝绸衣裳。

田况

　　田况（1005～1063），字元均，其先京兆（今陕西西安）人，徙居信都（今河北冀县）。宋仁宗天圣八年（1030）进士。举贤良方正。任江陵推官、太常丞等职。庆历八年（1048），任成都知府。至和元年（1054），任枢密副使。嘉祐三年（1085），任枢密使。今《全宋诗》录其诗二十五首。

成都邀乐诗二十一首·四月十九日泛浣花溪

　　浣花溪上春风后，节物正宜行乐时。

　　十里绮罗青盖密，万家歌吹绿杨垂。

　　画船叠鼓临芳溆，彩阁凌波泛羽卮。

　　霞景渐曛归棹促，满城欢醉待旌旗。

　　【邀乐】游乐。元费著《岁华纪丽谱》："成都游赏之盛，甲于西蜀。盖地大物繁，而俗好娱乐。凡太守岁时宴集，骑从杂沓，车服鲜华，倡优鼓吹，出入拥导，四方奇技，幻怪百变，序进于前，以从民乐。岁率有期，谓之故事。及期，则士女栉比，轻裹丫服，扶老携幼，阗道嬉游。或以坐具列于广庭，以待观者，谓之遨床，而谓太守为遨头。……田公况尝为《成都遨乐诗》二十一章以纪其实。"【四月十九日】农历四月十九日，传为浣花夫人的生日（浣花夫人是唐代剑南西川节度使崔旰之妻，曾率众击溃叛军，保全了成都，被朝廷封为冀国夫人。因曾居浣花溪旁，世称浣花夫人）。宋代成都在这一天有乘船游浣花溪的习俗，称"大游江"。元费著《岁华纪丽谱》："四月十九日，浣花佑圣夫人诞日也。太守出笮桥门，至梵安寺谒夫人祠，就宴于寺之设厅。既宴，登舟观诸军骑射，倡乐导前，泝流至百花潭，观水嬉竞渡。官舫民船，乘流上下。或幕帟水滨，以事游赏，最为出郊之胜。"【浣花溪】在成都西郊，为锦江支流。是唐宋以来著名的郊游之地。【节物】各个季节的风物景色。【绮罗】指穿着绮罗的人。多为贵妇、美女之代称。【青盖】宋制，宰相仪仗张青色伞盖。这里指官员的仪仗或官员。【叠鼓】连续擂鼓。【芳溆】这里指浣花溪。【泛羽卮】羽卮，即"羽觞"。古代一种盛酒器，作鸟雀状，左右形如两翼。这里泛指酒杯。"泛羽卮"即注酒于觞，浮于流水，随波传送，为古代游宴之俗。【曛】昏暗。【归櫂】即归棹。指归舟。【旌旗】旗帜的总称。这里指代作者一行。

三大炮小吃

范镇

游昭觉寺

范镇（1007～1088），字景仁，华阳（今四川成都）人。宋仁宗宝元元年（1038）举进士第一，调新安主簿。知谏院，以直言敢谏闻名。后为翰林学士。因与王安石政见不合而辞官。哲宗即位，起为端明殿学士，固辞不拜。累封蜀郡公。有《范蜀公集》。

游昭觉寺

炎蒸无处避，此地忽如寒。

松砌行无际，石房禅自安。

鸳鸯秋沼涨，蝙蝠晚庭宽。

登眺见甲舍，衡茅半不完。

【昭觉寺】位于成都北郊，素有川西"第一丛林"之称。初为宅第，在唐太宗贞观年间（627～649）改为佛寺。名建元寺，宣宗时赐名"昭觉"。是著名的禅宗寺院。【炎蒸】暑热熏蒸。【松砌】指松林中的石砌小径。【禅】佛教语。梵语"禅那"之略。指静坐默念。【秋沼】秋天的池水。【甲舍】豪门贵族的宅第。【衡茅】指简陋的居室。

赵抃

按狱眉山舟行

赵抃（1008～1084），字阅道，号知非，衢州西安（今浙江衢州）人。宋仁宗景祐元年（1034）进士，任武安军节度推官。历任泗州通判、殿中侍御史、天章阁待制、河北都转运使、右谏议大夫、参知政事等职。曾四度入蜀，五任蜀职，在蜀中政绩有声。景祐年间曾任江原县（今四川成都崇州境内）知县；嘉祐元年（1056），任梓州路（治所在今四川绵阳）转运使不久改益州（治所在今四川成都）转运使；英宗治平元年（1064），以龙图阁直学士任成都知府；神宗时，再任成都知府。撰有《成都古今记》，已逸。有《赵清献集》。

按狱眉山舟行

携琴晓出锦官城，千里秋原一望平。

放舸急流身觉快，披云孤屿眼增明。

农田雨后畦畦绿，渔笛风前曲曲清。

讯狱远邦先涤虑，恤哉休戚在民情。

这首诗是宋仁宗嘉祐年间（1056～1063）赵抃在任成都转运使时，到眉山去巡视监狱，离开成都时在船上所作。

　　【携琴】据宋沈括《梦溪笔谈》记载：赵抃"为成都转运使，出行部内，唯携一琴一鹤，坐则看鹤鼓琴。"【锦官城】指成都。【放舸】行船。【披云】拨开云层。【孤屿】孤立的岛屿。这里指江中小岛。【畦】田园中分成的小区。【渔笛】渔人的笛声。【讯狱】审理案件。【远邦】远方。这里指眉山。【涤虑】清除烦扰，使思想清净。【恤】对别人表同情，怜悯。【休戚】喜乐和忧虑。

吴中复

江左谓海棠为川红

吴中复（约 1011～1078），字仲庶，兴国军永兴（今属湖北阳新）人。宋仁宗宝元元年（1038）进士。历任监察御史里行、殿中侍御史充言事御史、右司谏、户部副使、河东都转运使、江宁知府。神宗熙宁三年（1070），任成都知府兼安抚制置使。今《全宋诗》录其诗二十四首。

江左谓海棠为川红

靓妆浓淡蕊蒙茸，高下池台细细风。

却恨韶华偏蜀土，更无颜色似川红。

寻香只恐三春暮，把酒欣逢一笑同。

子美诗才犹阁笔，至今寂寞锦城中。

【江左】即江东。大致范围包括今长江以东地区的皖南、苏南、上海、浙江、赣东北。【川红】海棠原盛产四川，故称"川红"或"蜀客"。【蒙茸】葱茏。【恨】遗憾。【韶华】美好的时光。常指春光。【寻香】游赏胜景。【三春暮】指春季的第三个月，暮春。【把酒】手执酒杯。谓饮酒。【子美诗才犹阁笔】指唐代诗人杜甫（字子美）诗无咏海棠之作。不独杜甫，初唐及盛唐诗人均无咏海棠之作。《全唐诗》中咏海棠仅有六十余次，作者均为中唐及晚唐之人。"阁"通"搁"，搁置。【锦城】成都的别称。

文同

文同（1018～1079），字与可，号笑笑居士、笑笑先生，人称石室先生。梓州永泰（今四川盐亭）人。苏轼表兄，擅诗文书画。宋仁宗皇祐元年（1049）进士，任太常博士、集贤校理。历任邛州（今四川邛崃）军事判官、大邑（今属四川成都）知县及陵州、洋州知州。神宗元丰元年（1078），改任湖州（今浙江吴兴）知州。未到任而卒。世称"文湖州"。有《丹渊集》。

和吴龙图韵五首·二色芙蓉

蜀国芙蓉名二色，重阳前后始盈枝。

画调粉笔分妆处，绣引红针间刺时。

落晚自怜窥露沼，忍寒谁念倚霜篱。

主人日有西园客，得尔方于劝酒宜。

【吴龙图】即吴中复，曾任龙图阁学士。宋神宗熙宁三年（1070），任成都知府。

【和韵】依照别人诗作的原韵作诗。【二色芙蓉】芙蓉指芙蓉花，花初开时白色或淡红色，后变深红色，故名二色芙蓉。【重阳】农历九月九日。【画调粉笔分妆处】意为芙蓉的白色如画工用笔蘸白粉所涂抹。【绣引红针间（jiàn）刺时】意为芙蓉的红色，像绣女引针用红线断续绣出。【落晚】傍晚。【露沼】弥漫着露气的池子。【西园客】指贵客。【尔】指芙蓉。

吕大防

万里亭

　　吕大防（1027～1097），字微仲，京兆府蓝田（今属陕西）人。宋仁宗皇祐元年（1049）进士。历任冯翊主簿、永寿县令、太常博士、翰林学士、尚书左仆射兼门下省侍郎、随州知州。仁宗时，曾任青城（今四川眉山）知县。神宗元丰年间（1078～1085）任成都知府时，设立官办的织锦工场"锦院"；在成都浣花溪畔杜甫故宅旧址，重建茅屋，立祠宇。今《全宋诗》录其诗五首。

万里亭

万里桥西万里亭，锦江春涨与堤平。
拏舟直入修篁里，坐听风湍澈骨清。

　　【万里亭】作者自注："万里桥西有僧居曰圣果，后濒锦江，有修竹数千竿，僧辩作亭于竹中，余与诸公自桥乘舟，溯流过之，因名亭曰万里，盖取发源法海，与桥同名而实异，作小诗识之。"【万里桥】在成都南门外的锦江上。三国时，蜀汉丞相诸葛亮曾在此设宴送费祎出使东吴，费祎叹曰："万里之行，始于此桥。"该桥由此而得名。【锦江】濯锦江的简称。为岷江支流流江（外江）流经成都城南一段。【拏（ná）舟】"拏"通"桡"，拏舟即撑船。【修篁】修竹，长竹。【风湍】风急；风劲。【澈】同"彻"。穿过，透。

白麟

合江探梅

白麟，曾寓居敘州（今四川宜宾）。宋神宗熙宁二年（1069）在世。今《全宋诗》录其诗八首。

合江探梅

艇子飘摇唤不回，半溪清影漾疏梅。

有人隔岸频招手，和月和霜剪取来。

【合江】在成都城东南，是锦江与清远江交汇处。【艇子】小船。

苏轼

送戴蒙赴成都玉局观将老焉

苏轼（1037～1101），字子瞻，一字和仲，号东坡居士，眉州眉山（今属四川）人。宋仁宗嘉祐二年（1057）进士。后因母病故，随父回乡奔丧。嘉祐四年（1059）守丧期满回京。嘉祐六年（1061）授大理评事、签书凤翔府判官。英宗治平二年（1064），父苏洵病逝，扶柩还乡。守孝三年后还朝。因反对王安石新法，而求外调。先后任杭州、密州、徐州通判，湖州知州。后因作诗讽刺新法而下御史狱，被贬为黄州团练副使。哲宗时任翰林学士，曾出任杭州、颍州知州，官至礼部尚书。后又贬谪惠州、儋州。在各地均有惠政。有《东坡七集》《东坡乐府》。

送戴蒙赴成都玉局观将老焉

拾遗被酒行歌处，野梅官柳西郊路。

闻道华阳版籍中，至今尚有城南杜。

我欲归寻万里桥，水花风叶暮萧萧。

芋魁径尺谁能尽，桤木三年足已烧。

百岁风狂定何有，羡君今作峨眉叟。

纵未家生执戟郎，也应世出埋轮守。

莫欺老病未归身，玉局他年第几人。

会待子猷清兴发，还须雪夜去寻君。

这首诗是宋神宗元丰八年（1085）作于汴京（今河南开封）。

【戴蒙】苏轼友人，其时即将赴成都任提举成都玉局观之职。【玉局观（guàn）】为宋代著名的道观，在成都城南。【拾遗】指杜甫，曾任左拾遗之职。【被酒】为酒所醉，即喝醉了。【行歌】边行走边唱歌，借以抒发感情，表示意愿、意向等。【官柳】大道上的柳树。【华阳】唐宋时成都府城分为成都、华阳两县，华阳县在府城东南。【版籍】户口册。【城南杜】指杜甫有后裔居于城南。【万里桥】在成都南门外的锦江上。三国时，蜀汉丞相诸葛亮曾在此设宴送费祎出使东吴，费祎叹曰："万里之行，始于此桥。"该桥由此而得名。【桤（qī）木】即桤树。为成都平原常见树木，三年即可成荫，但木质较软，多作烧柴用。【芋魁】大芋头。【峨眉叟】指隐居峨眉山的老人。戴蒙所任之职是只领俸禄而无实事可做的闲职，故言此。【执戟郎】是汉代警卫宫门的郎官。这里指西汉著名学者、辞赋家扬雄。他是蜀郡成都人，曾为郎。【埋轮守】指东汉犍为郡武阳（今四川彭山）人张纲。他曾埋车轮于洛阳都亭，曰："豺狼当路，安问狐狸！"遂上书弹劾专权的大将军梁冀。后以"埋轮守"喻不畏权贵敢于直言的忠臣。【子猷】东晋王徽之，字子猷。他曾经雪夜乘舟去访问好友戴逵。经过一夜至戴逵门前，又转身返回。有人问他为何这样，他说："吾本乘兴而行，兴尽而返，何必见戴？"

成都茶馆雕塑

仲殊

望江南

仲殊，字师利。北宋僧人、词人。安州（今湖北安陆）人。本姓张，名挥，仲殊为其法号。曾应进士科考试。年轻时游荡不羁，几乎被妻子毒死。后弃家为僧，先后寓居苏州承天寺、杭州宝月寺。因时常食蜜以解毒，人称"蜜殊"；或又用其俗名称他为僧挥。他与苏轼往来甚厚。宋徽宗崇宁年间（1102～1106）自缢而死。今《全宋词》录其词三十一首。

望江南

成都好，蚕市趁遨游。夜放笙歌喧紫陌，春邀灯火上红楼，车马溢瀛洲。　　人散后，茧馆喜绸缪。柳叶已饶烟黛细，桑条何似玉纤柔，立马看风流。

【望江南】词牌名。【蚕市】宋代成都，每年春时，在大慈寺前有蚕市，买卖蚕具兼及花木、果品、药材杂物，并供人游乐。【趁】往，赴。【遨游】游乐。【笙歌】泛指奏乐唱歌。【紫陌】这里指街道。【红楼】泛指华美的楼房。【车马溢瀛洲】指成都的街道上挤满了车马。瀛洲，传说中的仙山。这里借指成都。【茧馆】养蚕之馆。【喜绸缪】欢喜生意不断。【饶】众多。【烟黛】即黛烟。青黑色的烟。【桑条】桑树的枝条。【玉纤】纤细如玉的手指。【立马】使马停下不走。【风流】风尚习俗。

苏辙

绝胜亭

苏辙（1039~1112），字子由，一字同叔，晚号颍滨遗老。眉州眉山（今属四川）人。苏轼之弟。宋仁宗嘉祐二年（1057）进士。授试秘书省校书郎、充商州军事推官。后因母病故，随父兄回乡奔丧。嘉祐四年（1059）守丧期满回京。先后任大名府留守推官、制置三司条例司检详文字。因议事每与王安石不合，出为河南推官。哲宗时官至尚书右丞、大中大夫守门下侍郎。徽宗时罢职居许州。有《栾城集》。

绝胜亭

夜郎秋涨水连空，上有虚亭缥缈中。

山满长天宜落日，江吹旷野作惊风。

爨烟惨淡浮前浦，鱼艇纵横逐钓筒。

未省岳阳何似此。应须仔细问南公。

这首诗是苏辙宋仁宗至和元年（1054）与其兄苏轼寓居新津修觉山宝华寺时所作。

【绝胜亭】一作"纪胜亭"。在今四川新津县南的修觉山上，始建于唐代。宋范成大《吴船录》："修觉者，新津县对江一小山。上有绝胜亭，一望平野，可尽西川。"【夜郎】即夜郎溪。今新津县城大水南门至邓公场余波桥之间的南河，古人称夜郎溪。【爨

（cuàn）烟】炊烟。【惨淡】暗淡。【前浦】指绝胜亭下夜郎溪的水边。【鱼艇】指轻便的小渔船。【钓筒】插在水里捕鱼的竹器。【岳阳】在今湖南，位于洞庭湖之滨，依长江、纳三湘四水，江湖交汇。城西门城墙之上有著名的岳阳楼。【未省（xǐng）】不明白。【南公】战国时楚国的阴阳学家、术士，善观天象及卜阴阳和相面。

李　新

锦江思

李新（1062～？），字元应，号跨鳌先生，仁寿（今属四川）人。宋哲宗元祐五年（1090）进士，官南郑县丞。元符三年（1100），因应诏上万言书，夺官羁管遂州（今四川遂宁）。徽宗大观元年（1107）遇赦，任代理梓州（今四川三台）司法参军。宣和五年（1123），任茂州（今四川茂汶）通判。有《跨鳌集》。

锦江思

独咏沧浪古岸边，牵风柳带绿凝烟。

得鱼且斫金丝鲙，醉折桃花倚钓船。

【锦江】濯锦江的简称。为岷江支流流江（外江）流经成都城南一段。【沧浪】《孟子·离娄上》："有孺子歌曰：'沧浪之水清兮，可以濯我缨；沧浪之水浊兮，可以濯我足。'"后遂以"沧浪"指此歌。唐杜甫诗有"百花潭水即沧浪"（《狂夫》）之句。【柳带】柳条。因其细长如带，故名。【凝烟】浓密的雾气。【斫（zhuó）】：砍，这里指片。【金丝鲙（kuài）】指生鱼片。

喻汝砺

散花楼

喻汝砺（？～1143），字迪儒，号三嵋、扪膝先生。仁寿（今属四川）人，宋徽宗政和五年（1115）进士。官礼部员外郎，直秘阁学士。高宗建炎元年（1127），任四川抚谕官。绍兴元年（1131），任果州（今四川南充）知州。绍兴五年（1135），任普州（今四川安岳）知州。绍兴九年（1139），任提点夔州路刑狱。绍兴十年（1140），任遂宁（今属四川）府知府，迁潼川府路（治所在今四川三台）转运副使。绍兴十一年（1141）罢官，主管台州崇道观。有《扪膝稿》。

散花楼

濯锦江边莎草浓，散花楼畔木芙蓉。

蜀山叠叠修门远，谁把丹心向李鄘。

【散花楼】在摩诃池畔，为隋蜀王杨秀所建。故址在今成都市体育中心南侧。【濯锦江】即锦江。为岷江支流流江（外江）流经成都城南一段。【莎（suō）草】多年生草本植物。多生于潮湿地区或河边沙地。【浓】这里指（草）长得茂盛。【木芙蓉】即芙蓉。成都多栽种。【叠叠】层层重叠的样子。【修门】楚国郢都的城门。后泛指京都城门。【李鄘】唐朝官员。唐宪宗时，征讨割据的吴元济，时任淮南节度使的李鄘贡献了淮南镇的盈余钱财。由此带动了其他镇也照做，缓解了国库的危机。

孙松寿

观古鱼凫城

孙松寿，字岩老，号牧斋，郫县（今属四川成都）人。宋高宗绍兴五年（1135）进士，曾任嘉州（今四川乐山）知州。孝宗淳熙三年（1176），时年六十六，直秘阁致仕。年九十余卒。今《全宋诗》录其诗八首。

观古鱼凫城

野寺依修竹，鱼凫迹半存。

高城归野垒，故国霭荒村。

古意凭谁问，行人谩苦论。

眼前兴废事，烟水又黄昏。

【鱼凫城】遗址位于成都市温江区万春镇报恩村，现仍依稀可见城墙遗迹。作者自注："在温江县北十五里，有小院"。【野寺】野外庙宇。【高城归野垒】指高高的城墙已经变为了荒野里的垒子。【故国】旧都；古城。这里指鱼凫城。【霭】烟雾。这里指烟雾弥漫。【谩】莫，不要。【烟水】雾霭迷蒙的水面。

桂荷楼

陆游

摩诃池

暮归马上作

天中节前三日大圣慈寺华严
阁燃灯甚盛游人过于元夕

成都书事二首（选一）

花时遍游诸家园十首（选一）

文君井

青羊宫小饮赠道士

蔬食戏书

忆天彭牡丹之盛有感

梅花绝句六首（选一）

　　陆游（1125～1210），字务观，号放翁，越州山阴（今浙江绍兴）人。宋高宗绍兴二十三年（1153），参加礼部考试，因受秦桧排斥而仕途不畅。孝宗即位后，赐进士出身。历任福州宁德县主簿、隆兴府通判等职。乾道五年（1169），任夔州（今重庆奉节）通判。乾道七年（1171），至南郑，任职于四川宣抚使王炎幕府。乾道八年（1172），任成都府路安抚司参议官。乾道九年（1173），改任蜀州（今四川成都崇州）通判；后又改任嘉州（今四川乐山）通判。淳熙元年（1174）又调回任蜀州通判，不久到荣州（今四川荣县）代理州事。淳熙二年（1175），被范成大荐为成都府路安抚司参议官兼四川制置司参议官。淳熙三年（1176），免官。寓居于杜甫草堂附近的浣花溪畔，并自号"放翁"。淳熙五年（1178），奉诏入朝，离开成都。后官至宝章阁待制。晚年退居故乡山阴。有《剑南诗稿》。

摩诃池

摩诃古池苑，一过一消魂。

春水生新涨，烟芜没旧痕。

年光走车毂，人事转萍根。

犹有宫梁燕，衔泥入水门。

这首诗是宋孝宗乾道九年（1173）春作于成都。

【摩诃池】在今成都体育中心南侧。是隋文帝开皇二年（586），蜀王杨秀展筑成都子城，取土之坑，因以为池。在唐代中叶，摩诃池已为泛舟游览胜地。前蜀皇帝王建时，将摩诃池纳入宫苑。至宋代，摩诃池的水源已逐渐枯竭。【消魂】即销魂。灵魂离散。形容极度的悲愁。【烟芜】烟雾中的草丛。【年光走车毂（gǔ）】意为时光如车轮转动一样不停地逝去。【人事转萍根】意为人世间的事像浮萍的根一样转徙无定。【宫梁燕】栖息于宫中梁上的燕子。【水门】作者自注："蜀宫中旧泛舟入此池，曲折十余里。今府后门虽已为平陆，然犹号水门。"

暮归马上作

石笋街头日落时，铜壶阁上角声悲。

不辞与世终难合，惟恨无人粗见知。

宝马俊游春浩荡，江楼豪饮夜淋漓。

醉来剩欲吟梁父，千古隆中可与期。

这首诗是宋孝宗淳熙元年（1174）作于成都。

【石笋街】在成都西门，街有石笋，传为神人用以镇海眼的。【铜壶阁】在成都西门，为宋仁宗时益州（今四川成都）知州蒋堂所建。【不辞】不谦逊推让。【恨】遗憾。【粗】略微。【见知】受到知遇。【宝马】名贵的骏马。【俊游】快意的游赏。【梁父】即梁父吟，乐府楚调曲名。相传为三国诸葛亮所作。【隆中】山名。在今湖北襄阳西。诸葛亮曾躬耕于此。这里借指诸葛亮。【期】会。

天中节前三日大圣慈寺华严阁燃灯甚盛游人过于元夕

万瓦如鳞百尺梯，遥看突兀与云齐。

宝帘风定灯相射，绮陌尘香马不嘶。

星陨半空天宇静，莲生陆地客心迷。

归途细踏槐阴月，家在花行更向西。

这首诗是宋孝宗淳熙二年（1176）五月二日作于成都。

【天中节】端午节的别称。【大圣慈寺】即大慈寺。位于今成都市东风路一段，古称"震旦第一丛林"，为成都著名古寺。相传始建于隋朝，唐玄宗赐匾"敕建大圣慈寺"。唐代名僧玄奘曾在这里受戒。大慈寺在唐宋极盛时，占有成都东城之小半，是当时成都的游览名区，每逢庙会更加热闹。大慈寺附近商业繁荣，寺前形成季节性市场，如灯市、花市、蚕市、药市、麻市、七宝市等。【元夕】即元宵。农历正月十五日上元节的晚上。【突兀】高耸的样子。【宝帘】指佛寺的帘子。【绮陌】繁华的街道。【星陨】天星坠落。古人多以此为不祥之兆。【莲生陆地】佛教以莲花来比喻佛性。莲花本生于水中，莲生陆地则与佛性相悖。【客心】与本心相对之心。【家在花行更向西】作者自注："予官居在花行，距寺数里。"

成都书事二首（选一）

剑南山水尽清晖，濯锦江边天下稀。

烟柳不遮楼角断，风花时傍马头飞。

芼羹笋似稽山美，斫脍鱼如笠泽肥。

客报城西有园卖，老夫白首欲忘归。

这首诗是宋孝宗淳熙二年（1176）作于成都。

【剑南】唐代剑南道西川的简称。约当今四川成都平原及其以北以西和雅砻江以东地区。这里指成都平原。【清晖】明净的光辉、光泽。【濯锦江】即锦江。为岷江支流流江（外江）流经成都城南一段。【芼羹】用菜杂肉做成的羹。【稽山】即会稽山，在今浙江绍兴市的东南。【斫（zhuó）脍】薄切鱼片。【笠泽】即太湖。【老夫】作者自称。

花时遍游诸家园十首（选一）

看花南陌复东阡，晓露初干日正妍。
走马碧鸡坊里去，市人唤作海棠颠。

这首诗是宋孝宗淳熙三年（1176）春作于成都。

【花时】百花盛开的时节。常指春日。【诸家园】不只一家之园。【南陌】南边的田间小路。【东阡】东边的田间小路。【妍】妍，美丽。指阳光灿烂。【走马】骑着马跑。【碧鸡坊】成都街巷名，唐代女诗人薛涛曾住此，其地所种海棠特富艳。碧鸡坊唐代在成都城西南，晚唐毁。宋代重建之碧鸡坊在罗城北部。【海棠颠】为海棠疯癫之人。

文君井

落魄西州泥酒杯，酒酣几度上琴台。
青鞋自笑无羁束，又向文君井畔来。

这首诗是宋孝宗淳熙四年（1177）八月游邛州时所作。

【文君井】在今邛崃市临邛镇里仁街，相传是司马相如与卓文君当垆卖酒时的遗物。作者自注："文君井在邛州，相传为卓氏故宅。"【西州】这里指成都。【泥酒杯】即贪杯，好酒嗜饮。【酒酣】酒喝得尽兴，畅快。【琴台】在成都西门外市桥以西司马相如宅的附近。从六朝开始成为名迹。作者自注："相如琴台在成都城中。"据此可知，宋代琴台在成都城中。【青鞋】指草鞋。这里是指穿着草鞋。【羁束】拘束。

青羊宫小饮赠道士

青羊道士竹为家，也种玄都观里花。

微雨晴时看鹤舞，小窗幽处听蜂衙。

药炉宿火荧荧暖，醉袖迎风猎猎斜。

老我一官真漫浪，会来分子淡生涯。

这首诗是宋孝宗淳熙四年（1177）十一月作于成都。

【青羊宫】道教宫观。在成都西门外。有"川西第一道观"之称，原名青羊肆。唐僖宗避难于蜀中，曾将此作为行宫，后下诏改为今名。是西南地区规模最大的一座道教宫观。【玄都观里花】即桃花。玄都观是唐代长安道观，唐代诗人刘禹锡《游玄都观》诗有"玄都观里桃千树，尽是刘郎去后栽"之句，后人因此以"玄都观里花"指代桃花。【蜂衙】群蜂早晚聚集，簇拥蜂王，如旧时官吏到上司衙门排班参见。【宿火】隔夜未熄的火。【荧荧】光闪烁的样子。【猎猎】形容物体随风飘拂的样子。【老我】老人的自称。【漫浪】放纵而不受世俗拘束。【会来】正好来。【分子】与你分享。子，指青羊宫道士。【淡生涯】指不趋慕功名利禄的生活。作者《秋思》诗："身似庞翁不出家，一窗自了淡生涯。"

蔬食戏书

新津韭黄天下无，色如鹅黄三尺余。

东门彘肉更奇绝，肥美不减塞羊酥。

贵珍讵敢杂常馔，桂炊薏米圆比珠。

还吴此味那复有，日饭脱粟焚枯鱼。

人生口腹何足道，往往坐役七尺躯。

膻荤从今一扫除，夜煮白石笺阴符。

这首诗是宋光宗绍熙二年（1192）在故乡山阴（今浙江绍兴）思念成都美食所作。

【蔬食】粗食。以草菜为食。陆游晚年，基本吃素，还亲自种菜，几乎与荤菜绝缘。【新津】新津县（今为成都市的下辖县）位于成都南部，自古盛产韭黄。【韭黄】传统蔬菜品种，嫩而味美，为韭菜经软化栽培变黄的产品。传统的做法是以稻草遮盖韭菜，隔绝阳光，使之颜色变为浅黄。【东门】指成都城东门附近。【彘（zhì）肉】猪肉。作者诗有"东门买彘骨"之句（《饭后戏作》）。【塞羊】指产于塞外的羊。【酥】柔腻松软。【贵珍】贵重的珍味。【讵敢】怎敢。【常馔】一般的食物。【桂炊】烧桂木做饭。形容生活豪华。【薏米】薏苡的子实，白色，可供食用及药用，亦可酿酒。【还吴】指陆游回到故乡山阴（今浙江绍兴）。山阴属吴地。【脱粟】糙米。【枯鱼】干鱼。【口腹】指饮食。【坐】因为。【役】役使。【七尺躯】一般成人的身躯。【膻荤】指肉类食物。【白石】白色的石头，为传说中的神仙的粮食。【笺】注释。【阴符】即《太公阴符》，传说为姜太公所著。亦泛指兵书。

忆天彭牡丹之盛有感

常记彭州送牡丹，祥云径尺照金盘。

岂知身老农桑野，一朵妖红梦里看。

这首诗是宋宁宗庆元三年（1197）四月，在故乡山阴（今浙江绍兴）怀念天彭牡丹所作。

【天彭牡丹】天彭即彭州（今属四川成都）。陆游在成都时就很喜爱天彭牡丹，并在宋孝宗淳熙五年（1178），专门撰写了《天彭牡丹谱》，详细记载了天彭牡丹的品种，称"牡丹,在中州,洛阳为第一。在蜀,天彭为第一"。【祥云】牡丹品种。【径尺】直径一尺。这里是夸张的说法。【金盘】比喻日月。【农】务农。【桑野】植桑的田野。这里指农村。陆游在淳熙十六年(1189)罢官,直到去世,几乎一直居住在山阴的农村。【妖红】即状元红。牡丹品种。状元红、祥云在《天彭牡丹谱》中均有记载。

梅花绝句六首（选一）

当年走马锦城西,曾为梅花醉似泥。
二十里中香不断,青羊宫到浣花溪。

这首诗是宋宁宗嘉泰二年(1202)春作于故乡山阴(今浙江绍兴),表现了诗人对梅花的爱慕和对成都风物的怀念。

【走马】骑着马跑。【锦城】成都的别称。【青羊宫】道教宫观。在成都西门外。从唐代开始,每年的"花朝节"(农历二月二十五日),青羊宫都要举行盛大的花会。【浣花溪】在成都西郊,为锦江支流。是唐宋以来著名的郊游之地。

青城山

范成大

初三日出东郊碑楼院
三月二日北门上马
入崇宁界
戏题索桥
最高峰望雪山

范成大（1126～1193），字至能，一字幼元，晚号石湖居士。平江吴县（今江苏苏州）人。宋高宗绍兴二十四年（1154）进士。孝宗乾道三年（1167）任处州知州。淳熙二年（1175）任四川制置使、成都知府，至淳熙四年（1177）因病东归。淳熙五年（1178）任参知政事。晚年隐居故乡石湖。有《石湖集》。

初三日出东郊碑楼院

远柳新晴暝紫烟，小江吹冻舞清涟。

红尘一哄人归后，踮踮饥鸢蓦纸钱。

作者题注："故事，祭东君，因宴此院。蜀人皆以是日拜扫。"按：旧时成都民俗正月初三出东郊祭拜东君（司春之神）。这首诗作于宋高宗淳熙三年（1176）。

【碑楼院】又名移忠寺。在成都东郊。宋代以后废。元费著《岁华纪丽谱》记载："成都游赏之盛，甲于西蜀。盖地大物繁，而俗好娱乐。凡太守岁时宴集，骑从杂沓，车服鲜华，倡优鼓吹，出入拥导，四方奇技，幻怪百变，序进于前，以从民乐。岁率有期，谓之故事。……（正月）二（三）日，出东郊，早宴移忠寺（旧名碑楼院），晚宴大慈寺。"【暝】黄昏。【紫烟】紫色的烟雾。【小江】指清远江，环绕成都城北东两面汇入外江。为唐僖宗乾符三年（876）剑南西川节度使高骈所开。【清涟】水清澈而有细波纹。【一哄】众声喧扰。【跕（dié）跕】坠落的样子。【鸢（yuān）】老鹰。【蹙（cù）】通"蹴"，追逐。

三月二日北门上马

新街如拭过鸣驺，芍药酴醿竞满头。

十里珠帘都卷上，少城风物似扬州。

这首诗作于宋高宗淳熙三年（1176）三月二日。

【新街如拭】形容新街光鲜整洁。拭，揩、擦。【鸣驺（zōu）】古代随从显贵出行并传呼喝道的骑卒。【芍药】花名。花大而美丽，有紫红、粉红、白等多种颜色。【酴醿（tú mí）】花名。花白色，有芳香。【竞满头】竞相（把花）插满头上。【珠帘】用线穿成一条条垂直串珠构成的帘幕。这里泛指帘幕。【少城】秦汉时在成都城西部，是在外城中又建的内城。东晋时被桓温夷平。宋代内城称子城。这里指成都。

入崇宁界

桑间三宿尚回头，何况三年濯锦游。

草草郫筒中酒处，不知身已在彭州。

这首诗作于宋高宗淳熙四年（1177）。

【崇宁】崇宁县治所在今四川成都郫县唐昌镇。【桑间三宿】《后汉书·襄楷传》：

"浮屠不三宿桑下，不欲久生恩爱，精之至也。"后以"桑间三宿"喻指对人或事物有眷恋之心。【濯锦】即濯锦江。这里指代成都。【草草】匆忙仓促的样子。【郫筒】即郫筒酒，产于郫县（今属四川成都）。是用竹子作的酿酒器具所酿成。相传晋代名士山涛（即山巨源）在郫县作官时，把上等糯米蒸熟后加曲药装入竹筒密封发酵一月即成酒。【中酒】醉酒。【彭州】崇宁县当时属彭州。

戏题索桥

织簟匀铺面，排绳强架空。

染人高晒帛，猎户远张罿。

薄薄难承雨，翻翻不受风。

何时将蜀客，东下看垂虹？

这首诗作于宋高宗淳熙四年年（1177）。

【索桥】即今安澜索桥。位于今四川成都都江堰市，飞架岷江南北，横跨都江堰水利工程。桥在宋代名"评事桥"。作者在《吴船录》中记载："绳桥长百二十丈，分为五架。桥之广十二绳相并排连，上布竹笆。横立大木数十于江沙之中，辇石以固其根，每数十木作一架。挂桥于半空，大风过之，掀举幡幡然，大略如渔人晒网，染家晾帛之状。"【簟（diàn）】竹席。【染人】指从事染布帛的工匠。【帛】丝织品的总称。【罿（chōng）】一种捕鸟的网，鸟入网后，能自动将鸟罩住。【将】携带。【蜀客】海棠的别名。蜀中中唐以后盛产海棠。【东下】作者此时正欲从岷江乘船东归。【垂虹】指垂虹桥，在今江苏苏州吴江区东。

最高峰望雪山

大面峰头六月寒，神灯收罢晓云班。

浮空忽涌三银阙，云是西天雪岭山。

这首诗作于宋高宗淳熙四年（1177）。

【最高峰】指青城山的最高峰大面山，今名赵公山。【神灯】又称圣灯，在青城山夜晚时，能见到山中光亮点点，闪烁飘荡。传为青城山的神仙朝贺张天师时点亮的灯笼。而实际上这只是山中磷氧化燃烧的自然景象。作者《吴船录》："（青城）山夜有灯四出，以千百数，谓之圣灯。"【班】铺开。【浮空】指天空中飘浮的云。【银阙】指雪峰。【云】说。【西天】指西边天际。【雪岭山】指岷山。

宁静的老居民区

苏泂

苏泂（1170～？），字召叟，山阴（今浙江绍兴）人。早年随祖宦游成都，曾任过短期朝官，在荆湖、金陵等地作幕宾，身经宁宗开禧初的北征。曾从陆游学诗，与当时著名诗人辛弃疾、刘过、赵师秀、姜夔等多有唱和。卒年七十余。有《冷然斋集》。

濯锦江

机丝波影借光华，巴女临流住几家。

争向芳菲偷锦样，织成平白溅江花。

【濯锦江】即锦江。为岷江支流流江（外江）流经成都城南一段。传说蜀人织锦濯其中则锦色鲜艳，濯于他水，则锦色暗淡，故名。【机丝】织机上的丝。【光华】光彩。【巴女】这里指成都的蜀锦织女。【临流】面对河流。【芳菲】艳丽的花。【锦样】织锦的图案。【平白】指素锦。

汪元量

汪元量（1241～1317后），字大有，号水云，亦自号水云子、楚狂、江南倦客，钱塘（今浙江杭州）人。宋度宗时以擅琴供奉宫廷。宋恭宗德祐二年（1276），临安陷落，随三宫入燕。尝谒文天祥于狱中。元世祖至元二十五年（1288）出家为道士，获南归，次年抵钱塘。后往来江西、湖北、四川等地，终老湖山。有《水云集》《湖山类稿》。

蚕丛祠

西蜀风烟天一方，蚕丛古庙枕斜阳。

茫然开国人天主，彷佛鸿荒盘古王。

【蚕丛祠】蚕丛为传说中古蜀国首位国王，教民蚕桑，被古蜀先民尊为"蚕神"，多享祭祀。宋代成都圣寿寺（大慈寺）内专设有蚕丛祠。【西蜀】古蜀地，因在西方，故称"西蜀"。地域相当于今四川省。这里指今四川西部。【风烟】风光。【茫然开国】指蜀国建国历史久远，史迹难考。【人天】人间与天上。指真实存在或神话传说。

【主】君王。【鸿荒】太古，混沌初开之世。【盘古王】即盘古氏。传说中开天辟地的
人物。

蚕　市

　　成都美女白如霜，结伴携筐去采桑。

　　一岁蚕苗凡七出，寸丝那得做衣裳。

　　【蚕市】成都旧俗，每年春时有蚕市，买卖蚕具兼及花木、果品、药材杂物，并供
人游乐。

药　市

　　蜀乡人是大医王，一道长街尽药香。

　　天下苍生正狼狈，愿分良剂救膏肓。

　　【药市】作者自注："成都五月，家家列药于市，以为盛事。"【苍生】指百姓。【狼
狈】艰难窘迫。这里指患病。【膏肓】指难治之病。

第三辑：锦样西川何处问

夕阳红到散花楼

明清余韵　涟漪清清

　　《三国演义》开篇有句名言：天下大势，分久必合，合久必分。唐宋以后，盛极一时的中国封建社会也开始急剧震荡，一路下坡。民族争战，王朝更迭，更是让整个华夏大地时陷纷飞战火之中，百姓辗转流离铁蹄之下。蜀地虽然偏处西南一隅，也难逃时代厄运。尤其是宋末元初的元军屠城，明末清初的张献忠农民军和清兵的烧杀抢掠，使天府之国遭致灭顶浩劫，生灵涂炭，荒无人烟。千年华姿芳容的成都也未能幸免，几被夷为平地，化作废墟。据称当时，现今最繁华的市中心一带，都常有饿虎出没，成为继"兵患""匪患"之后的第三大患"虎患"。今日说来，这简直令人匪夷所思，不能想象，而斑斑史籍，却记载如实。

　　但世界没有末日。每次劫难过后，蜀地都能很快恢复葱茏生机，成都也能依然端庄美丽，只不过少了些浓艳，而多了份淡静，神韵不减，活力不衰。这无疑证明了这方热土这方人民生命力的坚忍强大。

　　同时，应当看到，事情往往都有利弊两面，浩劫带来的不仅有灾难，也有变化。譬如清初，四川因战乱过后百里无人烟，田园尽荒芜，朝廷便颁启大规模移民政策。一时间，俗谓"湖广填四川"的风潮席卷，四面八方都有大量移民入川定居垦田。蜀地本就膏腴，人力一济，生机自然很快恢复。而移民带来的不仅是生产力，还有丰富多彩的习俗风情、精神文化。"杂交"出精品，融合促发展，今日川人引以为豪的好多特色，无论是风格多样的民居建筑、风味独特的川菜小吃，还是丰富滋润的方言土语、多姿多彩的节庆习俗，可以说，都与这一大移民大融合有千丝万缕的联系。而今日成都被誉为一座宜居宜商宜创业的"来了就不想走的城市"，也应该说与此次移民历史形成的包容开放精神密切相关。

　　如今，细检明清诗人咏成都篇章，虽然，同整个中国同时期文学一样，少了些唐宋大家风度，淡了些唐宋华丽色彩，但余韵依然，如清清涟漪，安静优雅地描画着成都风光，述说着蜀地风情。

"锦样西川何处问，夕阳红到散花楼"，如今，在风光秀丽文气沛然的浣花溪畔，就还聚集着一群同样安静优雅的"散花诗社"的女诗人。成都，就这样永远地流淌着诗情画意。

张玉娘

锦花笺

张玉娘（1250～1276），字若琼，自号一贞居士，处州松阳（今属浙江）人。出生于仕宦家庭，自幼饱学，敏慧绝伦。许配沈佺，未婚，夫早死。不久亦去世，年二十八。有《雪兰集》。

锦花笺

薛涛诗思饶春色，十样鸾笺五彩夸。

香染桃英清入观，影翻藤角眩生花。

涓涓锦水涵秋叶，冉冉剡波漾晚霞。

却笑回文苏氏子，工夫空自废韶华。

【锦花笺】即薛涛笺。唐代女诗人薛涛居于浣花溪畔，用溪水制作的桃红色诗笺。【饶】怜爱，怜惜。【十样鸾笺】即十样蛮笺，为十种色彩的书信专用纸。传为薛涛所创制，而实为宋初谢景初受薛涛笺的启发所创制。【桃英】桃花。【藤角】即藤角纸。一种用藤皮造的纸，产于浙江剡溪、余杭等地。【涵】滋润。【冉冉】光亮闪动的样子。

【剡（shà）波】指浙江嵊县剡溪之水。作者是浙江人，而薛涛居锦江边，故以"剡波"对"锦水"。【回文】即回文诗。就是能够回还往复，正读倒读皆成章句的诗。【苏氏子】指前秦秦州刺史窦滔的妻子苏蕙。她曾把锦缎织成《璇玑图》回文诗，寄予丈夫窦滔。【韶华】美好的年华。

虞集

代祀西岳至成都

虞集（1272～1348），字伯生，号道园，世称邵庵先生。祖籍仁寿（今属四川），生于衡阳（今属湖南）。元成宗大德六年（1302），任大都路儒学教授。后历任国子助教、集贤修撰、翰林直学士、奎章阁侍书学士。有《道园学古录》《道园遗稿》。

代祀西岳至成都

我到成都才十日，驷马桥下春水生。

渡江相送荷子意，还家不留非我情。

鸬鹚轻筏下溪足，鹦鹉小窗呼客名。

赖得郫筒酒易醉，夜深冲雨汉州城。

这首诗应是作者代皇帝祭祀华山后到成都十日后又匆匆离开至汉州（今四川广汉）时所作。

【代祀西岳】元代在元世祖至元二年（1265）就规定了每年祭祀华山的制度。皇帝不能亲自祭祀时，则派人代祀。【驷马桥】原名升仙桥，成都北门外。后因东晋常璩《华阳国志》记载：司马相如初入长安，过升仙桥的送客观，在其门楣上题书"不乘高车驷马，不过汝下"。后人遂改桥名为驷马桥。【江】指流经成都城北的清远江。【荷（hè）】感谢。【子】应为前来送别的亲友。【还家】作者祖籍四川仁寿，故言还家。【鸬鹚】俗称鱼鹰、水老鸦。善潜水捕食鱼类，渔人常驯养以捕鱼。【溪足】溪边。【赖得】幸亏，好在。【郫筒酒】酒名。产于郫县（今属四川成都）。是用竹子作的酿酒器具所酿成。相传晋代名士山涛（字巨源）在郫县作官时，把上等糯米蒸熟后加曲药装入竹筒密封发酵一月即成酒。【冲雨】冒雨。

丁复

蜀江春晓

丁复（约 1312 年前后在世），字仲容，号桧亭，天台（今属浙江）人。早年有诗名，元仁宗延祐（1314）初，北游京师，公卿大夫奇其才，拟授馆阁之职。度当权者不能用，不待正式批复，翩然辞去。渡黄河，游梁楚，过云梦，窥沅湘，陟庐阜，浮大江而下，寓居金陵城北，放情诗酒。有《桧亭集》

蜀江春晓

蜀江二月桃花春，仙子江头裁锦云。

牙樯定子双荡桨，兰叶冲波愁杀人。

浣花诗客茅堂小，醉眼看春狎花鸟。

柳絮抛飞乳燕斜，画帘卷雨啼莺晓。

蘼芜草生兰叶齐，碧流黛石清无泥。

郫筒有酒君莫惜，明日浅红如雨飞。

【蜀江】此处当指锦江。为岷江支流流江（外江）经过成都城南的一段。传说蜀人织锦濯其中则锦色鲜艳，濯于他水，则锦色暗淡，故名。【仙子】比喻容颜姣好的女子。这里指在江边洗濯蜀锦的织女。【江头】江边。【锦云】彩云。这里指蜀锦。【牙樯】指舟船。【定子】这里指年青的船女。【兰叶】指小舟。【冲波】激浪。【浣花诗客】指杜甫。【狎（xiá）】亲近而不庄重。【莺】黄莺。又称黄鹂。【蘼芜】草名。芎藭的苗，叶有香气。【黛石】青黑色的石头。【郫筒有酒】郫县（今属四川成都）郫筒镇所酿郫筒酒，是竹子作的酿酒的器具所酿成。相传晋代名士山涛（字巨源）在郫县作官时，把上等糯米蒸熟后加曲药装入竹筒密封发酵一月即成酒。【浅红】指桃花。

杨慎

杨慎（1488～1559），字用修，号升庵。新都（今属四川成都）人。明武宗正德六年（1511）廷试第一，授翰林院修撰。世宗继位，任经筵讲官。世宗嘉靖三年（1524），因"大礼议"受廷杖，谪戍于云南永昌卫（今保山）。此后虽往返于四川、云南等地，仍终老戍所。在滇南三十年，博览群书。明代记诵之博，著述之富，推为第一。又能文、诗词及散曲，论古考证之作范围颇广。有《升庵全集》。

桂湖曲送胡孝思

君来桂湖上，湖水生清风。

清风如君怀，洒然秋期同。

君去桂湖上，湖水映明月。

明月如君怀，怅然何时辍。

湖风向客清，湖月照人明。

别离俱有意，风月重含情。

含情重含情，攀留桂枝树。

珍重一枝才，留连千里句。

明年桂花开，君在雨花台。

陇禽传语去，江鲤寄书来。

这首诗作于明武宗正德十年（1515）。当时杨慎的好友胡孝思（名缵宗）由潼川州（今四川三台县）知州入调南京，任户部湖广清吏司员外郎。经新都，杨慎写下这首诗送胡孝思。

【桂湖】在今四川成都新都城内，今为桂湖公园。杨慎的住宅与湖相邻，沿堤遍植桂树，故名桂湖。【怀】情意。【洒然】指清凉爽快。【秋期】指七夕。【辍】放下，舍弃。【桂枝树】传说月中有桂树，因以"桂枝"、"桂枝树"指月。【一枝才】比喻有出人头地能取高第的才学。【留连】留恋不舍。【千里句】指宋苏轼《水调歌头》："但愿人长久，千里共婵娟"。这句话常用于表达对远方亲人朋友的思念之情以及美好祝愿。【雨花台】在南京聚宝门（今中华门）以南，是登高览胜之佳地。【陇禽】指鹦鹉。因鹦鹉多产于陇西，故名。唐岑参《赴北庭度陇思家》："陇山鹦鹉能言语，为报家人数寄书。"【江鲤寄书】古乐府《饮马长城窟行》"客从远方来，遗我双鲤鱼。呼童烹鲤鱼，中有尺素书。"后以江鲤指书信。

锦津舟中对酒别刘善充

锦江烟水星桥渡，惜别愁攀江上树。

青青杨柳故乡遥，渺渺征人大荒去。

苏武匈奴十九年，谁传书札上林边。

北风胡马南枝鸟，肠断当筵蜀国弦。

这首诗是明神宗嘉靖二十一年（1542）离开成都重返云南永昌戍所时所作。

【锦津】锦江渡口。【刘善充】名大昌。杨慎妹夫。【锦江】濯锦江的简称。为岷江支流流江（外江）流经成都城南一段。【烟水】雾霭迷蒙的水面。【星桥渡】星桥，即七星桥。传言秦时李冰在成都造七桥，上应七星，故名。星桥渡指锦津。【攀】折取。【江上树】江岸上的树。这里指杨柳。古人离别时有折取杨柳枝相赠的风俗。【渺渺】悠远的样子。【征人】远行的人。【大荒】边远荒凉的地方。【苏武匈奴十九年，谁传书札上林边】汉时，苏武出使匈奴被扣留。留北海（今贝加尔湖）边牧羊。十九年后，汉使以汉天子在上林苑射雁得帛书，言苏武在北海。匈奴方释放苏武归汉。杨慎此时也已谪戍云南永昌十九年。【北风胡马南枝鸟】《古诗十九首》："胡马依北风，越鸟巢南枝。"言鸟兽尚有怀念乡土的本能，何况乎人。【筵】宴席。【蜀国弦】又名《蜀国四弦》，乐府相和歌辞名，所咏多蜀中之事。

郫县子云阁

落景登临县郭西，坐来结构与云齐。

平郊远讶行人小，高阁回看去鸟低。

林表馀花春寂寂，城隅纤草晚萋萋。

酒阑却下危梯去，犹为风烟惜解携。

【子云阁】又名"子云亭"。是东汉学者、文学家扬雄（字子云）的住宅。在今四川成都郫县友爱乡子云村。【县郭】县城城墙。【落景】夕阳。这里指夕阳西下之时。【坐来】正当。【结构】建筑物构造的式样。这里指城墙上的建筑。【讶】同"迓"，迎接。【林表】林外。【城隅】城角。多指城根偏僻空旷处。【酒阑】酒筵将尽，饮酒者半罢半在。【危梯】高梯。【犹为】还为。【风烟】风景。【解携】离别。

高士彦

春兴

高士彦，号白坪，四川内江人。明世宗嘉靖十年（1531）举人。有《自得轩稿》。

春 兴

锦城晴日午云稠，回首春风十二楼。
花市繁香连药市，岷流浩渺接巴流。
蚕丛帝后临西蜀，沃野天开控益州。
形胜古今称乐国，年年春色为人留。

【锦城】成都的别称。【稠】密集。【十二楼】泛指高层的楼阁。【花市】即花会。农历二月十五是百花生日即"花朝节"，每年成都青羊宫在这天便要举行盛大花会。花会会期一直要延续到农历四月。【繁香】众多香味。【药市】宋汪元量《药市》诗自注："成都五月，家家列药于市，以为盛事。"【岷流】指岷江。【浩渺】水面旷远。【巴流】指长江。岷江自今宜宾汇入长江后，至三峡，所流经的区域，为古代巴国之地。【蚕丛】传说中古蜀国的首位国王。【帝后】"帝""后"均为上古对君王的称呼。【临】统治。【西蜀】古蜀地，因在西方，故称"西蜀"。地域相当于今四川省。这里指今四川西部。【天开】上天开发。【控】控制。【益州】古代九州之一。其范围包括今天的四川盆地和汉中盆地一带。【形胜】地理位置优越，地势险要。

范涞

浣花溪

范涞（1538～1610），字本易，一字原易，号晞阳，徽州休宁（今安徽黄山）人。明神宗万历十二年（1584）进士。历任江西南城知县、南昌知府、四川左参政、浙江按察司副使、浙江布政使等职。有《晞阳文集》。

浣花溪

百花潭接浣花溪，饶笑堂开傍水西。
新绽夭桃带微雨，轻飞柳絮半沾泥。
寻芳力倦年非壮，怀古愁多日欲低。
回首白云家万里，深林偏喜杜鹃啼。

【百花潭】在成都西郊，为与浣花溪相接的一水潭。在潭的北面有唐代诗人杜甫流寓成都时的故居草堂。【饶笑堂】指杜甫草堂。杜甫诗有"浣花溪里花饶笑，肯信吾兼吏隐名。"（《院中晚晴怀西郭茅舍》）【绽】开放。【夭桃】艳丽的桃花。【柳絮】柳树的种子。有白色绒毛，随风飞散如飘絮，故名。【家万里】作者故乡在徽州休宁（今安徽黄山市），故云"家万里"。【杜鹃啼】杜鹃鸟传说为古蜀国国王杜宇的魂魄所化，常夜鸣，声音凄切。历来诗人咏杜鹃多伤感之词，作者却反其道而"偏喜杜鹃啼"。

陈于陛

五块石

陈于陛（1544～1597），字元忠，号玉垒山人，四川南充人。明穆宗隆庆二年（1568）进士，选庶吉士，授编修。明神宗万历（1573～1619）时，历任侍讲学士、礼部右侍郎、吏部左侍郎。万历二十一年（1593），拜礼部尚书，领詹事府事。次年，上疏请开局编辑国史，任国史副总裁。不久以本官兼东阁大学士入阁参政。有《万卷楼稿》。

五块石

四顾桑田一勺无，累累五石类浮图。
谁云此地通沧海，拾得鲛人瑟瑟珠。

【五块石】在成都城南。为五块大石相叠，传为五丁所置，下有海眼（传说从地底与大海相通的孔眼）。【一勺】即一勺水，指少量的水。【浮图】佛塔。【鲛人】神话传说中的人鱼。【瑟瑟珠】碧珠。传说鲛人泣而成珠满盘。

冯任

冯任，浙江慈溪人。明神宗万历年间（1573～1620）进士，在任成都知府时，主修了《新修成都府志》。

锦　江

峨峨雪色涉苍龙，直上汶江锦万重。

蜀纻于今夸丽密，浪花堆里缬芙蓉。

【锦江】濯锦江的简称。为岷江支流流江（外江）经过成都城南的一段。传说蜀人织锦濯其中则锦色鲜艳，濯于他水，则锦色暗淡，故名。【峨峨】非常美丽。【涉苍龙】指蜀锦在江水里濯洗。【汶江】即岷江。【蜀纻（zhù）】这里指蜀锦。【丽密】华美而细密。【缬（xié）】在丝织品上印染出图案花样。

杨一鹏

薛涛井

杨一鹏（？～1635），字大友，号昆岑，湖南临湘云溪（今属湖南岳阳）人，明神宗万历三十八年（1610）进士，初任成都推官（掌狱论之官）。由于在四川政绩显著，被升为吏部郎中，后历官大理寺丞、兵部左右侍郎、户部尚书。

薛涛井

古井临江思有余，荒亭寂寂傍樵渔。

当年兔颖题都尉，此日鸾笺惜校书。

总有黄鹂空自语，须教芳草亦怜渠。

灵心黛色成幽赏，天外峨眉似不如。

【薛涛井】在今成都市望江楼公园内。旧名玉女津，水极清澈，石栏环绕，为明代蜀藩制笺处。因水井还为当时仿制薛涛笺提供用水，因此被附会成为唐代女诗人薛涛制笺取水之井。【樵渔】樵夫和渔夫。【兔颖】兔毛制的笔。也泛指毛笔。【都尉】武官名。这里指与薛涛有交往的曾先后任剑南西川节度使的韦皋、武元衡、李德裕、段文昌等人。【鸾笺】即彩笺。这里指薛涛笺。薛涛居于浣花溪畔，用溪水制作的桃红色诗笺。【校（jiào）书】本是掌校理典籍的官员，薛涛因有文才，被时人称为女校书。【黄鹂】黄莺。唐杜甫《蜀相》："映阶碧草自春色，隔叶黄鹂空好音。"【渠】他（她）。这里指薛涛。【灵心】聪慧的心灵。【黛色】青黑色。古代女子用黛画眉。这里指姿色。【幽赏】幽雅的欣赏。【峨眉】山名。在今四川峨眉山市西南，因山势逶迤，有山峰相对如蛾眉，故名。这里也借指"蛾眉"（美女）。

大慈寺

曹学佺（1574～1646），字能始，一字尊生，号雁泽，又号石仓居士、西峰居士，福建侯官（今福建福州）人。明神宗万历二十三年（1595）进士。万历三十七年（1609），任四川右参政。万历三十九年（1611），曹学佺升任四川按察使。万历四十一年（1613）考绩，因得罪蜀王为其所谤，被罢职，蜀人遮道相送。所撰《蜀中广记》分名胜、方物、风俗等十二门，征引渊博，搜罗宏富，蜀中掌故大略备具。另有《石仓集》。

咏支机石

一片支机石，传来牛女津。

客槎何所处，卜肆已生尘。

较似昆池古，长从汉月新。

每逢秋夕里，吟眺倍相亲。

【支机石】传说为天上织女用以支撑织布机的石头，实为古蜀国墓上遗物。此石现存成都文化公园内。【牛女津】指天河。传说汉代张骞奉命寻找河源，乘槎经月亮至天河，在月亮见一女织，又见一夫牵牛饮河，织女取支机石与张骞。另一说为：传说有一人寻找河源，至天河，遇见一正在浣纱的女子，赠其一石。回来以后问严君平，说石头是织女用来支撑织布机的支机石。【客槎（chá）】指升天所乘之槎。【何所处】在什么地方。【卜肆】卖卜的铺子。汉代严遵，字君平，蜀郡成都人，隐居不仕，曾在成都市上卖卜。【昆池】即昆明池。汉武帝于长安西南郊所开凿。在挖掘昆明池时，挖到极深的地方，全是黑灰。后询问胡人，说这是天地大劫烧后的余灰。

武侯八阵图一在夔府一在新都弥牟镇（二首选一）

> 广汉南来近蜀都，江城辨色已驰驱。
> 晓云不散弥牟镇，春草横生八阵图。
> 自愧书生行部日，得知丞相苦心无？
> 由来沃野称千里，处处桑麻望不孤。

【武侯八阵图】三国蜀丞相诸葛亮死后谥为忠武侯，后世称之为武侯。八阵图为古代用兵的一种阵法，为诸葛亮所创。这首诗所咏弥牟镇武侯八阵图，遗址在今成都市青白江区弥牟镇西南。【广汉】广汉县在成都北约五十里。【蜀都】指成都。【辨色】黎明。谓天色将明，能辨清东西的时候。【书生】作者自称。【行部】巡行所属部域，考核政绩。作者时任四川按察使，为一省司法长官，掌刑名按劾之事。

金圣叹

病中无端极思成都
忆得旧作录出自吟

金圣叹（1608～1661），名采，字若采。明亡后改名人瑞，字圣叹，别号鲲鹏散士，自称泐庵法师。苏州吴县（今属江苏）人。明诸生，入清后绝意仕途。少有才名，一生好衡文评书，对《水浒传》《西厢记》《左传》等书及杜甫诸家唐诗都有评点。又曾腰斩《水浒传》一百二十回为七十一回。清顺治十八年（1661），因"哭庙案"遇害。有《金圣叹集》。

病中无端极思成都忆得旧作录出自吟

卜肆垂帘新雨霁，酒垆眠客乱花飞。

馀生得至成都去，肯为妻儿一洒衣。

【无端】没来由。【卜肆】卖卜的铺子。汉代严遵，字君平，蜀郡成都人，隐居不仕，曾在成都市上卖卜。【霁】雨停止。【酒垆】卖酒处安置酒瓮的砌台。亦借指酒肆、酒店。汉代卓文君曾当垆卖酒。【馀生】残生。指晚年。【肯为】愿意为。【洒衣】（离别时）泪湿衣襟。

沈廉

　　沈廉，字补隅，浙江嘉兴人。少时入秦。后足迹遍南北山水。有《蜀游诗》
一集。

锦江观涨

桃花落尽春水生，锦水忽作辊雷鸣。

奔流欲转草堂去，大声撼动芙蓉城。

两岸回旋如走马，飞腾上下驰流星。

浪花排空百丈立，银河倒泻天为倾。

一气浑噩渺无尽，乾坤不觉如浮萍。

忆昔长江破巨浪，风帆乘我空中行。

身如沧海渺一粟，性命直与蛟龙争。

今日江城看春涨，披襟想像神犹旺。

安得唤起浣花翁，相与乘舟坐天上。

【锦江】濯锦江的简称。为岷江支流流江（外江）经过成都城南的一段。【观涨】观看春江水涨。【辊雷】滚动的雷声。【草堂】即杜甫草堂。在成都西门外的浣花溪畔，是唐代诗人杜甫流寓成都时的故居。唐末诗人韦庄寻得草堂遗址，重结茅屋，使之得以保存，宋元明清历代都有修葺扩建。【撼动】震动。【芙蓉城】成都的别称。因五代十国后蜀后主孟昶时，在城上遍种芙蓉而得名。【走马】急速奔驰的马。【排空】冲向天空。【一气】一片。【浑噩】形容一片模糊的景象、状态。【乾坤】指日月。【江城】指成都临江的大城城墙。【披襟】敞开衣襟。喻舒畅心怀。【神】精神。【犹】仍然。【安得】这里是如何能、怎能的意思。【浣花翁】指杜甫。【相与】一起。【坐】停留。

郑
日
奎

郑日奎（1631～1673），字次公，号静庵，江西贵溪人。清顺治十六年（1659）进士。历任庶吉士、工部屯田司主事、都水员外郎，礼部主客司郎中。康熙十一年（1672），与王士祯一同主持四川乡试。因劳累回京后不久病逝。有《静庵集》。

登锦城南楼

危楼高峙锦江边，远客登临旅思牵。

载酒难寻扬子宅，题诗空忆薛涛笺。

霸图迹已湮金马，古帝魂犹泣杜鹃。

更莫临风怀往事，一时烟雨正凄然。

【锦城】成都的别称。【南楼】即成都南门中和门城楼。【危楼】高楼。这里指南楼。【峙】耸立。【锦江】濯锦江的简称。为岷江支流流江（外江）经过成都城南的一段。【扬子宅】东汉扬雄（字子云）在成都的住宅。原在少城西南角。五代时已荒废。【薛涛笺】指唐代女诗人薛涛居于浣花溪畔，用溪水制作的桃红色诗笺。【霸图】霸业，王业。谓建立国家。【湮】埋没，不被人所知道。【金马】指朝廷。此指古来据蜀之政权。【古帝魂犹泣杜鹃】传说古蜀国国王杜宇的魂魄化为杜鹃鸟。常夜鸣，声音凄切，故借以抒悲苦哀怨之情。犹，还。【凄然】昏暗的样子。

王士祯

王士祯（1634～1711），原名王士禛，字子真，一字贻上、豫孙，号阮亭，又号渔洋山人，世称"王渔洋"。山东新城（今山东桓台）人，常自称济南人。清顺治十五年（1658）进士。历官礼部主事、户部郎中、国子祭酒、左都御史、刑部尚书等职。曾于清康熙十一年（1672）以户部郎中奉命主持四川乡试。后将途中所作三百余首诗编为《蜀道集》。有《渔洋山人精华录》。

修觉山下

田中处处稀秧马，灶下家家爨箨龙。

记取新津江畔路，苍崖红树杂秋冬。

【修觉山】在今四川成都新津县南。【稀】少，不多。【秧马】旧时农民拔秧时所坐的器具。形如船，底平滑，首尾上翘，利于秧田中滑移。【爨（cuàn）】烧火做饭。【箨（tuò）龙】竹笋的异名。这里指的是笋壳。【杂秋冬】这里指像秋冬交替的季节。

金方伯邀泛浣花溪（二首选一）

万里桥边去，还多吊古情。

人烟过蚕市，新月上龟城。

寂历更漏发，萧条鳞甲生。

回看草堂路，修竹水芜平。

【金方伯】指四川布政使金俊。方伯是明、清时对布政使的尊称。【浣花溪】在成都西郊，为锦江支流。是唐宋以来著名的郊游之地。【万里桥】在成都南门外的锦江上。三国时，蜀汉丞相诸葛亮曾在此设宴送费祎出使东吴，费祎叹曰："万里之行，始于此桥。"该桥由此而得名。【吊古】凭吊古迹。【人烟】住户的炊烟。【蚕市】成都旧俗，每年春时有蚕市，买卖蚕具兼及花木、果品、药材杂物，并供人游乐。【龟城】又称龟化城，成都的别称。相传张仪筑成都城，在修城之初，城墙总是屡筑屡塌，后来有一只龟沿城绕行，于是按照龟的行迹筑城，使城得以修成。【寂历】寂静，冷清。【更漏】古时夜间凭漏壶表示的时刻报更，所以漏壶又叫更漏。这里指的是报更的鼓声。【萧条】寂寞冷落。【鳞甲】指水的波纹。【草堂】即杜甫草堂。在成都西门外的浣花溪畔，是唐代诗人杜甫流寓成都时的故居。唐末诗人韦庄寻得草堂遗址，重结茅屋，使之得以保存，宋元明清历代都有修葺扩建。【水芜】水边丛生的杂草。

黄俞

都江堰

黄俞，生卒年与生平事迹均不详。其与清康熙二十五年（1686）时任灌县（今四川成都都江堰）知县的黄俞鼎不知是否为同一人。

都江堰

岷江遥从天际来，神功凿破古离堆。

恩波浩淼连三楚，惠泽膏流润九垓。

劈斧岩前飞瀑雨，伏龙潭底响轻雷。

筑堤不敢辞劳苦，竹石经营取次裁。

【都江堰】位于四川省成都市都江堰市城西的岷江上，是始建于秦昭王末年（约公元前 256～前 251）的大型水利工程，由分水鱼嘴、飞沙堰、宝瓶口等部分组成，两千多年来一直发挥着防洪灌溉的作用，使成都平原成为水旱从人、沃野千里的"天府之国"，是全世界迄今为止，年代最久、唯一留存、仍在一直使用，以无坝引水为特征的宏大水利工程。【岷江】又名汶江、都江，长江上游左岸重要支流。源出今四川省岷山南麓，至今都江堰市被都江堰引水工程分为内外江，外江为干流，在今宜宾市汇入长江。【离堆】建都江堰时开凿湔山（今名灌口山、玉垒山）分离的山丘，夹于内江和外江之间。因与其山体相离，故名离堆。【恩波】帝王的恩泽。这里指都江堰之水。【浩淼】水面广阔悠远的样子。【三楚】三楚指先秦时期楚国的疆域。后人诗文中多以泛指长江中游以南，今湖北湖南一带地区。【惠泽】恩泽。【膏流】指像脂油流淌。【润】滋润。【九垓】中央至八极之地。这里指四方，天下。【伏龙潭】在离堆下，传为李冰之子二郎锁孽龙于潭中。【劈斧岩】在宝瓶口。宝瓶口是湔山（今名灌口山、玉垒山）伸向岷江的长脊上凿开的一个口子，是控制内江进水的咽喉。【取次裁】一个挨一个地安排取舍。

老成都的日常生活

傅作楫

筹边楼

傅作楫，字济庵，号圣泉、雪堂，四川奉节（现属重庆）人。清康熙二十六年（1687）举人。历任黔江儒学教谕、直隶良乡县知县、太常寺少卿、都察院左副都御史等职。康熙十一年（1702），曾主持浙江乡试。有《雪堂诗集》。

筹边楼

天府金城占益州，文饶节钺旧风流。

春秋两见桐花凤，晴雨三调柘树鸠。

梦里关山情漠漠，天边烽火路悠悠。

不堪憔悴西征日，人在筹边第几楼。

【筹边楼】为唐文宗大和四年（831）西川节度使李德裕，筹划边事所建，故名。楼在节度署侧（今成都人民南路科技展览馆东一带）。后屡毁屡建。清代之筹边楼为清康熙五年（1666）巡抚张德地所建，位于今成都北糠市街东测。楼民国尚存。【天府金城占益州】这句是说益州拥有富饶的物产和坚固的城墙。天府，天然的府库，比喻物产富饶。三国诸葛亮《隆中对》："益州险塞，沃野千里，天府之土。"《晋书·袁乔传》："蜀土富实，号称天府"。金城，指坚固的城。占，拥有。益州，这里指成都。汉、唐益州的治所均在成都。【文饶】指文人众多。【节钺】符节和斧钺。古代授予将帅，作为加重权力的标志。这里指杰出的文臣武将。【旧风流】流风余韵。【桐花凤】鸟名。以暮春时栖集于桐花而得名。【鸠】即山鸠又称斑鸠。晋葛洪《抱朴子·博喻》："山鸠知晴雨於将来"。【漠漠】广阔的样子。【征】远行。

李 馨

郫县道中巡礼

李馨，字少白，福建建安（今福建省建瓯）人。清乾隆元年（1745）任四川郫县知县。

郫县道中巡礼

行行桤木引春程，望里平田到眼明。
水逼云回子云宅，春随人入杜鹃城。
漫愁发白身行健，较喜灯红梦易成。
县酒连筒湮古制，市醪味薄亦堪倾。

此诗作于乾隆十年（1745）作者在郫县知县任内时。

【巡礼】指观光或游览。【桤（qī）木】即桤树。为成都平原常见树木。【逼】这里是邻近的意思。【回】这里是围绕的意思。【子云宅】又名"子云亭"。是东汉扬雄（字子云）的住宅。在今四川成都郫县友爱乡子云村。【杜鹃城】指郫县。古蜀国望帝定都于郫，死后魂化杜鹃，因之又称"杜鹃城"。【漫】徒然。【县酒】即郫筒酒，产于郫县（今属四川成都）。是用竹子作的酿酒器具所酿成。相传晋代名士山涛（字巨源）在郫县作官时，把上等糯米蒸熟后加曲药装入竹筒密封发酵一月即成酒。【醪（láo）】浊酒。即今之醪糟酒。【倾】倒出来。这里指饮。

宋载

宋载，字太舟，号西渝，浙江建德人。清乾隆十一年（1746）任四川大邑知县，建鹤鸣书院。后升眉州（今四川眉山）知府。编有《大邑县志》。

斜江晚渡

临津风絮夕阳天，残照随流系半船。

却向斜江见图画，一帆人影绿杨烟。

【斜江】也称斜江河，发源于四川大邑县境内，是岷江右岸支流南河的支流。"斜江晚渡"为大邑古八景之一。作者编《大邑县志》："'斜江晚渡'，在县南五十里，为邛州大邑新津三处要津。"【临津】面临渡口。【风絮】随风飘悠的絮花。多指柳絮。

郭峻起

薛涛井

郭峻起，字眉峰，河南虞城人。清乾隆十四年（1749）任四川学政。

薛涛井

十样锦笺别样新，风流遗迹几经春。

只今石甃埋荒草，漫向江头吊美人。

【薛涛井】在今成都市望江公园内。旧名玉女津，水极清澈，石栏环绕，为明代蜀藩制笺处。因水井还为当时仿制薛涛笺提供用水，因此被附会成为唐代女诗人薛涛制笺取水之井。【十样锦笺】即十样蛮笺，为十种色彩的书信专用纸。传为薛涛所创制，而实为宋初谢景初受薛涛笺的启发所创制。【风流】风韵美好动人。这里指薛涛。【只今】如今，现在。【石甃（zhòu）】甃，井。石甃指薛涛井。【漫】徒然。【美人】指薛涛。

李调元

李调元（1734～1803），字美堂，号雨村，别署童山蠢翁。绵州罗江（今属四川德阳）人。清乾隆二十八年（1763）进士。后历任吏部考功司主事兼文选司、翰林院编修、文选司员外郎、广东学政、直隶通永兵备道。乾隆四十七年（1782）因事落职，流放新疆伊犁。旋经搭救，途中召回。于乾隆五十年（1785）发回原籍，削职为民。遂不复出，以著述自娱。有《童山诗集》。

昭觉寺

长林云气郁苍苍，六十年来始徜徉。

十顷稻黄金布地，万竿竹子铁为枪。

僧房真个如冰冷，官路居然似火汤。

圆悟禅师今不见，谁将六祖塑中堂。

这首诗为李调元乾隆五十年（1785）削职为民，发回原籍时，路过成都所作。

【昭觉寺】位于成都北郊。素有川西"第一丛林"之称，在唐贞观年间（627～

649）改为佛寺。是著名的禅宗寺院。【长林】高大的树林。【徜徉】安闲自得的样子。【圆悟】即宋代高僧圆悟克勤。圆悟先后弘法于四川、湖北等地，晚年住持昭觉寺。曾言："万缘迁变浑闲事。五月山房冷似冰。"【六祖】佛家称禅宗的第六代祖师惠能。【中堂】房屋正中的厅堂。

红牌楼

山色春光处处迷，新莺唤我过桥西。

柳经霜后绿初染，草带烧痕青未齐。

烟簇红楼堪系马，日斜白屋欲啼鸡。

谁家鼓吹争迎客，环堵摩肩拥众挤。

【红牌楼】又称红牌坊，在成都南郊（今属武侯区）。明嘉靖中蜀王所建。相传当时在场镇南北街头各建有一处牌坊，目的是迎接西藏前来送贡礼、做生意的藏族同胞，故按藏族的风俗习惯将牌坊涂成红色。以后牌坊所在场镇亦称红牌楼。今牌坊已不存，但地名仍在。【草带烧痕】旧时农村有烧草灰作为肥料的方法。【莺】黄莺。又称黄鹂。【簇】围着。【红楼】指华美的楼房。为富贵人家的住房。【白屋】指不施彩色、露出本材的房屋。为平民的住房。【环堵摩肩】形容人多拥挤。环堵，围聚如墙。摩肩，肩挨着肩。【拥众】聚众。

驷马桥小憩

秋阳如甑暂停车，驷马桥头唤泡茶。

怪道行人尽携藕，桥南无数白莲花。

【驷马桥】原名升仙桥，成都北门外。后因东晋常璩《华阳国志》记载：司马相如初入长安，过升仙桥的送客观，在其门楣上题书"不乘高车驷马，不过汝下"。后人遂改桥名为驷马桥。【甑（zèng）】亦作"甑子"，用木或竹制的蒸米饭的用具。形制略像木桶，上有盖，下有屉子而无底。

曹焜

锦楼

曹焜，浙江嘉善人，乾隆初年进士。曾任四川新都知县、泸州知州、嘉定府（今四川乐山）知府。

锦楼

杜鹃声里似清秋，欲送春归不自由。

锦样西川何处问，夕阳红到散花楼。

【锦楼】即散花楼。原散花楼毁于南宋末年，明代初年，把成都东门迎晖门的城楼命名为散花楼，又称锦楼。【西川】指成都。

卫道凝

杜鹃城

卫道凝，字涣之，号桤园，四川郫县人。清乾隆五十一年（1786）举人。五赴京试皆落第。曾在四川灌县（今四川成都都江堰）岷江书院、崇庆（今四川成都崇州）崇阳书院讲学。嘉庆二十二年（1817）选考一等，补南江县训导。

杜鹃城

沃野蚕丛国，城荒杜宇基。

井梧春蘸雨，原柳晚垂丝。

家解粳炊玉，人知竹酿醨。

年年寒食节，清夜子规啼。

【杜鹃城】遗址位于今郫县县城以北一里许。为传说及有关文献所附会的郫邑。为古蜀国望帝、丛帝两代蜀王的都城。望帝定都于郫，死后魂化杜鹃，因之又称"杜鹃城"。现经考古调查与试掘结果表明，该城的始建时代不早于西汉，可能为西汉郫县治所。【蚕丛】传说中古蜀国的首位国王。【杜宇】传说中古蜀国国王望帝名杜宇。【蘸

（zhàn）沾。【解】懂，明白。【粳（jīng）】稻谷的总称。【炊玉】以昂贵如玉的米做饭。形容饭食珍贵。【竹酿醿】用竹子酿造美酒。"醿"是经过两次或多次重复发酵的酒。【寒食节】在清明前一日或两日，当天禁烟火，只吃冷食。后世的发展中逐渐增加了祭扫、踏青等。【子规】杜鹃鸟的别名。传说为古蜀国国王杜宇的魂魄所化。常夜鸣，声音凄切，故借以抒悲苦哀怨之情。

张问陶

咏薛涛酒

张问陶（1764～1814），字仲冶，一字柳门，号船山。四川遂宁人，生于山东馆陶。清乾隆五十年（1785）偕夫人回川省亲回遂宁，其间写诗甚多。乾隆五十三年（1788）赴京参加顺天乡试，中举人。次年初，返回四川，在成都、遂宁小住。乾隆五十五年（1790）进士。历任翰林院检讨、江南道监察御史、吏部郎中。嘉庆二年（1797），在家丁父忧三年。这期间，往来于遂宁、成都、北京。嘉庆十五年（1810）任山东莱州知府。后辞官寓居苏州虎丘山塘。有《船山诗草》。

咏薛涛酒

浣溪何处薛涛笺，吸井烹泉亦惘然。

千古艳才难冷落，一怀名酒忽缠绵。

色香且领闲中味，泡影重开梦里缘。

我醉更怜唐节度，枇杷花底问西川。

【薛涛酒】清乾隆五十一年（1786），有王氏兄弟两人在成都东门外水井街大佛寺旁边开设福升全酒坊，用薛涛井中的水酿酒，被人称为"薛涛酒"。【浣溪】即浣花溪。

在成都西郊，为锦江支流。【薛涛笺】指唐代女诗人薛涛居于浣花溪畔，用溪水制作的桃红色诗笺。【唐节度】指与薛涛有交往的曾先后任剑南西川节度使的韦皋、武元衡、李德裕、段文昌等。【枇杷花】薛涛晚年居成都城内碧鸡坊，因王建赠诗有"枇杷花里闭门居"之句，在菖蒲花之外，又别种枇杷花。【西川】指成都。这里或指薛涛。

杨燮

锦城竹枝词（百首选二）

杨燮，字对山，号六对山人。四川成都人。清嘉庆六年（1801）举人。曾任县教谕。有《树茶轩存稿》。

锦城竹枝词（百首选二）

其一

大姨嫁陕二姨苏，大嫂江西二嫂湖。

戚友初逢问原籍，现无十世老成都。

其二

一扬二益古名都，禁得车尘半点无。

四十里城花作郭，芙蓉围绕几千株。

【锦城】成都的别称。【竹枝词】一种诗体，是由古代巴蜀间的民歌演变过来的。
【陕】指陕西。【苏】指江苏。【湖】指湖广，即湖南、湖北。【原籍】本籍；祖居的地方。【十世】十代。【一扬二益】"扬"指扬州,"益"指成都。唐朝时全国经济最繁荣的是扬州,其次为益州。因此有"一扬二益"之称。【禁得】承受得住。【无】用在句末,表示疑问语气。【四十里城】后蜀在成都罗城外又增筑羊马城,以为外城。羊马城周围四十二里。清代重修的成都大城(外城)周围二十二里。【郭】外城。【芙蓉围绕几千株】后蜀主孟昶在成都城四周遍种芙蓉。其后清乾隆四十八年(1783)重修成都城,在城四周重种芙蓉。

吴好山

成都竹枝辞（九十五首选一）

吴好山（1797～1876），字云峰，四川彭县（今四川成都彭州）人。少壮曾游历四川、陕西、云南、湖北、湖南等地。四十岁时断绝求取功名之心，以著述自娱。有《自娱集》。

成都竹枝辞（九十五首选一）

名都真个极繁华，不仅炊烟廿万家。

四百余条街整饬，吹弹夜夜乱如麻。

【名都】有名的城市。这里指成都。【廿（niàn）万家、四百余条街】廿，二十。这里只是大概而言。据有关资料记载，当时成都户数为十二万户，街道五百一十余条。【整饬（chì）】这里是整齐的意思。【吹弹】指演奏音乐的声音。

何绍基（1799～1873），字子贞，号东洲，别号东洲居士，晚号蝯叟。湖南道州（今湖南道县）人。清道光十六年（1836）进士。咸丰二年（1852年）任四川学政。咸丰五年（1855），因条陈时务得罪权贵，降官调职。于是辞去官职，于咸丰六年（1856）离开四川。先后主讲于山东泺源书院、长沙城南书院、浙江孝廉堂。有《东洲草堂诗钞》。

谒望丛祠

蜀王坟上草青青，翠柏苍松护鳌灵。

一代勋名高禹绩，千秋揖让近虞廷。

荆尸浮处人争异，蜀魄啼时梦乍醒。

无限荒丘环寝殿，丹枫老树作人形。

【谒】到某人的陵墓表示敬意。【望丛祠】位于今四川省成都市郫县县城西南部，是为了纪念古蜀国蜀王望帝杜宇和他的继任丛帝开明而修建的祀祠，祠内有二帝的陵

墓。【鳖灵】即开明。【勋名】功名。【禹绩】指大禹的功绩。【揖让】指杜宇把王位禅
让给了开明一事。【虞廷】指虞舜的朝廷。虞舜为古代的圣明之主，后来他把帝位禅让
给了禹。【荆尸】鳖灵是荆（今湖北、湖南）人。传说鳖灵在荆死后，其尸体溯江而上
至郫，尸体被打捞上来，便复活了。【蜀魄】指望帝死后，魂魄化为杜鹃。【乍】忽然。
【寝殿】帝王陵墓的正殿。【丹枫】经霜泛红的枫叶。

去蜀入秦纪事书怀却寄蜀中士民三十二首（选一）

割据营营古蜀州，一隅偏为女郎留。

当时节度争投缟，后代诗人补筑楼。

旧井尚供千汲户，名笺染遍万吟流。

由他壮丽纷祠宇，占断城东十里秋。

这首诗作于清咸丰五年（1855）作者将离开四川往陕西时，故云"去蜀入秦"。行
前作者曾与友人茶憩于薛涛井畔之吟诗楼。

【割据】分割占据。指占据一方领土，成立政权。【营营】纷乱错杂的样子。【蜀
州】指四川地区。【女郎】指唐代女诗人薛涛。【节度】指与薛涛有交往的曾先后任剑
南西川节度使的韦皋、武元衡、李德裕、段文昌等。【缟（gǎo）】未经染色的绢。此指
用以题诗的绢帖。【补筑楼】吟诗楼是清嘉庆十九年（1814）成都知府李松云依据薛涛
晚年所住碧鸡坊之吟诗楼而建。当时诗人李专、董新策等有诗。【旧井】指薛涛井。在
今成都市望江公园内。旧名玉女津，水极清澈，石栏环绕，为明代蜀藩制笺处。因水
井还为当时仿制薛涛笺提供用水，因此被附会成为薛涛制笺取水之井。【由他】听凭
他。【纷】从多。【祠宇】旧时吟诗楼附近有雷神庙、方公祠等建筑。【占断】全部占
有，占尽。

顾复初
成都花市

顾复初（1813～1894），字幼耕，一作幼庚，又字乐余、子远，号道穆、听雷居士，又号罗曼山人，晚号潜叟。江苏长洲（今苏州）人。拔贡出身。清咸丰二年（1852），何绍基任四川学政，邀其随行入川，协助批阅试卷。以后先后作过成都将军完颜崇实及四川总督吴棠、丁宝桢等人的高级幕僚。有《罗曼山人诗文集》。

成都花市

行厨游榼满溪烟，二月新衣未著棉。
细雨郊原春试马，东风城郭放纸鸢。

【花市】即花会。农历二月十五是百花生日即"花朝节"，每年成都青羊宫在这天便要举行盛大花会。成都青羊宫花会，始于唐、宋，相沿至今。【行厨游榼（kē）】出游时携带的酒食及酒具。【城郭】城墙。这里指城墙上。【纸鸢（yuān）】风筝。

第三辑：锦样西川何处问　夕阳红到散花楼

1
5
7

刘楚英

九日怀人（四十首选一）

刘楚英（1815～？），字湘芸，一字香郎，又字拙生，四川中江人。清道光十一年（1831）举人。历任甘肃平罗知县、广西梧州知府、桂林知府、桂平梧郁道、右江兵备道。著有《石凫诗卷》。

九日怀人（四十首选一）

锦城风雨暗花溪，君在花溪西复西。

欲把青天作诗屋，薛涛笺好寄新题。

【锦城】成都的别称。【花溪】即浣花溪，在成都西郊，为锦江支流。【薛涛笺】唐代女诗人薛涛居于浣花溪畔，用溪水制作的桃红色诗笺。这里指的是后人仿制薛涛笺。

王闿运

成都少城欢喜院小集

王闿运（1833～1916），字壬秋，又字壬父，号湘绮，世称湘绮先生。湖南长沙人。清咸丰二年（1852）举人。曾任肃顺家庭教师，后入曾国藩幕府。光绪五年（1880），应四川总督丁宝桢之邀来到成都，担任尊经书院山长，在成都长达八年之久。后主讲于长沙思贤讲舍、衡州船山书院、南昌高等学堂。授翰林院检讨，加侍读衔。辛亥革命后任清史馆馆长。有《湘绮楼诗文集》。

成都少城欢喜院小集

少城西接自秦时，近改屯营扼汉夷。

百岁休兵圈地废，九秋先冷访僧宜。

曲池衰柳桓公树，欹榭寒灯骆相祠。

唯有道心长定在，拟来同下读书帷。

这首诗作于清光绪十年（1884）八月十一日。

【少城】秦时少城在成都大城西部，以大城的西城墙为少城的西城墙。是在大城中

第三辑：锦样西川何处问　夕阳红到散花楼

159

又建的内城，故称少城。东晋时被桓温夷平。清代在康熙年间重修成都城，在大城以西增筑满城，因与古少城位置相近，故又称少城，驻扎八旗兵。【欢喜院】为清代成都将军完颜崇实（1820～1876）所建。作者当日所见亭榭已全部歪倒了。【小集】小会聚。【屯营】军营。【扼汉夷】清朝廷让八旗兵驻防成都，是为了控制西南地区的汉人及少数民族。【百岁休兵】指乾隆四十一年（1776）平定金川之役后，至清光绪十年（1884），已有百余年未有战事。【圈地】指清初满族统治阶级圈占指定的民地。系掠夺土地的一种方式。【九秋】指九月深秋。【桓公树】东晋桓温途经金城，见到自己早年栽种的柳树已经有十围那么粗壮，感慨："木犹如此，人何以堪！"此处喻欢喜院之树木。【欹（qī）榭】指倾斜欲倒的建筑。欹，同"敧"，倾斜。榭，建在高土台或水面（或临水）上的木屋。【骆相祠】即骆公祠。是纪念四川总督骆秉章的祠堂，在城东。此处亦喻欢喜院之亭榭。【道心】悟道之心。【定】指内心安定。【同下读书帷】指与参加小集的友人一同闭门谢客，专心读书。下帷，放下室内悬挂的帷幕。原指汉代董仲舒下帷讲学，三年不看窗外。后引申指闭门苦读。

王树桐

宝光寺

王树桐，字琴轩，湖北秭归人。清咸丰二年（1852）举人。历任四川金堂、乐至县篆，什邡知县。有《绿荫山馆诗钞》。

宝光寺

万绿丛中一紫关，宝光灼灼射云间。
城头斜日低于塔，天半飞霞散入山。
流水绕门禅性静，落花满地磬声闲。
登楼阅遍经千卷，此外何知有世寰。

【宝光寺】位于今成都市北郊十八公里处的新都区。相传始建于东汉，唐开元二十九年（741），已名"宝光寺"。为中国南方"四大佛教丛林"之一,四川著名禅寺。【紫关】因僧人衣尚紫色，故称佛寺为"紫关"。【灼灼】耀眼，光亮。【塔】寺内天王殿与七佛殿之间有高约三十米十三层的宝光塔。【山】作者自注："寺后有紫霞山。"【禅性】清静寂定之性。【磬（qìng）】佛寺中使用的一种钵状物，用铜铁铸成，既可作念经时的打击乐器，亦可敲响集合寺众。【流水绕门】寺前原有小溪，名"直渠"，今已不存。【经千卷】作者自注："寺有高楼，藏经千卷。"宝光寺藏经楼在大雄宝殿后，现藏《大藏经》六千三百六十一卷。【世寰】人世间。

王再咸

成都竹枝词（十一首选一）

王再咸，字泽三，四川温江人。清咸丰二年（1852）举人。赴礼部试，留京师二十余年。有《涌泉诗集》。

成都竹枝词（十一首选一）

昭烈祠前栋宇新，校书坟畔碧桃春。

江山莫谓全无主，半属英雄半美人。

【昭烈祠】即汉昭烈庙。在成都城南。是祭祀三国时期蜀汉开国皇帝刘备的祠庙。明朝初年重建时将武侯祠并入了"汉昭烈庙"，形成现存武侯祠君臣合庙。现存祠庙的主体建筑为清康熙十一年（1672）重建。【校（jiào）书坟】唐代女诗人薛涛因有文才，被时人称为女校书。校书坟即薛涛坟。原应在成都西门外，具体位置已难考证。至明代始置薛涛井于东郊，并在附近造薛涛坟以点缀名胜。【碧桃】又名千叶桃花，是一种供观赏的桃树，花有白、粉红、深红等颜色。

张之洞

人日游草堂寺

　　张之洞（1837～1909），字孝达，号香涛。直隶南皮（今属河北）人，生于贵州兴义府（治所在今贵州省安龙县）。清同治二年（1863）中进士，授翰林院编修。同治六年（1867），任湖北学政。同治十二年（1873），任四川乡试副主考官，旋任四川学政。在四川学政任上三年多，清除科场积弊，整顿士林风气，创建尊经书院，培养人才。后历任内阁学士、山西巡抚、两广总督、湖广总督、两江总督、军机大臣等职。有《广雅堂诗集》。

人日游草堂寺

人日残梅作雪飘，出城携酒碧溪遥。

无端杜老同心事，四海风尘万里桥。

　　【人日】旧俗以农历正月初七为人日。因唐高适有《人日寄杜二拾遗》一诗，从清朝后期开始，成都人为纪念杜甫，形成了"人日游草堂"的民俗。【草堂寺】在今杜甫草堂右侧，原名梵庵寺，始建于五代时。后人多将草堂寺与草堂混为一谈。这里应指的是杜甫草堂，是唐代诗人杜甫流寓成都时的故居。唐末诗人韦庄寻得草堂遗址，重结茅屋，使之得以保存，宋元明清历代都有修葺扩建。【碧溪】指浣花溪。在成都西郊，为锦江支流。溪旁有唐杜甫的故居草堂。【无端】没来由。【杜老】指杜甫。【四海】指全国各地。【风尘】行旅辛苦劳顿。【万里桥】在成都南门外的锦江上。在草堂东面。三国时，蜀汉丞相诸葛亮曾在此设宴送费祎出使东吴，费祎叹曰："万里之行，始于此桥。"该桥由此而得名。